百錬の覇王と聖約の戦乙女《ヴァルキュリア》 23

「…………そ、そんなにあたしのことが好きなんですか？」
エフィは騒ぎ立てる胸をぐっと押さえて、おずおずと問う。

百錬の覇王と聖約の戦乙女《ヴァルキュリア》23

鷹山誠一

HJ文庫
957

口絵・本文イラスト　ゆきさん

contents

鋼

Character

周防《すおう》勇斗《ゆうと》

現代からユグドラシルに召喚された少年。今や複数の氏族を従える《鋼》の大宗主《レギンアーク》。

志百家《しもや》美月《みつき》

勇斗の最愛の幼馴染。自らの決意でユグドラシルの住人となる。

ジークルーネ

勇斗の義娘で武人。《月を食らう狼《ハティ》》のルーンと「最も強き銀狼《マーナガルム》」の称号を持つ。

フェリシア

勇斗と義妹の契りを結んだ《無貌の従者《スキールニル》》のルーンを持つ少女。

クリスティーナ & アルベルティーナ

《爪》の宗主の娘で、勇斗と盃を交わした双子のエインヘリアル。《鋼》風の妖精団座長。

百錬の覇王と聖約の戦乙女《ヴァルキュリア》23

鋼

リネーア

勇斗の妹分。内政を司る《角》の宗主兼《鋼》の若頭。

ヒルデガルド

《狼をくらうもの》《ウールフヘジン》のエインヘリアル。ルーネの指導のもと成長中。

イングリット

《剣戟を生む者》《イーヴァルディ》のルーンを持つ、《鋼》の工房の長で勇斗の義娘。

フヴェズルング

《千幻の道化師》《アルスィオーヴ》のルーンを持つ仮面の男。正体はフェリシアの兄ロプト。

ホムラ

信長の娘にして、双紋のエインヘリアル。現在さらなる成長中。

エフィーリア

元奴隷の少女。美月の侍女となる。

ファグラヴェール

《戦を告げる角笛》《ギャッラルホルン》のルーンを持つ《剣》宗主で、リーファの乳兄弟。

PROLOGUE

ドニャーナ国立公園――

スペイン南部、アンダルシア州にある、ヨーロッパでも最大級の自然保護区である。

毎年五〇万羽《わ》を越《こ》える渡《わた》り鳥《どり》や水鳥たちが越冬地《えっとうち》として訪《おとず》れる鳥たちの楽園であり、またその豊かな自然環境《かんきょう》から、多様な動植物が生息しており、生物圏《せいぶつけん》保護区ともなっている。

伝承によれば紀元前九世紀から紀元前六世紀ぐらいに、この地にはタルテッソスなる王国があったとされ、実際、二〇一〇年代、衛星写真や航空写真による分析《ぶんせき》の結果、円状の形状跡《あと》が大小含《ふく》め数十も確認《かくにん》できたという。

その遺跡群《いせきぐん》こそ伝説のアトランティスではないかと騒《さわ》がれもしたとか。

だが前述の自然環境保護、生態系の保全もあり、大規模な発掘《はっくつ》調査などをするわけにもいかず、現代に至っても詳細《しょうさい》は謎《なぞ》のままである。

この場所を見つけた時、勇斗《ゆうと》は小《こ》躍《おど》りしたものだ。

新天地への移住前は、不用意に歴史をいじるべきではない、というのが彼《かれ》の考えだった。

この地に移ったユグドラシルの民は実に一〇〇万に届こうかという数である。

下手に歴史を変えてタイムパラドックスが発生すれば、何が起こるかわからない。

最悪、助けたことがなかったこととなり、それだけの命が全滅《ぜんめつ》ということもあり得る。

それだけは避《さ》けねばならない。

だが一〇〇万近くの民を養うとなれば、やはり多少の痕跡《こんせき》は残ってしまう。

その点――

未《いま》だにほとんど発掘が行われていないここなら、ある程度《ていど》のことは、歴史の闇《やみ》に葬《ほうむ》り去られる。

まさに拠点《きよてん》とするにはうってつけの場所だった。

この地で勇斗たちの新たな生活が幕を開ける。

ACT1

「へえ、半年でもけっこう形になってるもんだな」

勇斗《ゆうと》が船から降り立ってまず驚《おどろ》いたのは、無数の煉瓦《れんが》造《づく》りの家々が立ち並んでいることである。

勿論《もちろん》、建機などあるはずもなく、住人たちすべてに行き渡らせるには程遠《ほどとお》い数ではあったが、それでももう「街」の様相を呈《てい》し始めている。

「まあ、人間、必要に駆《か》られれば、あくせくと動くものです」

隣《となり》に立つ大男が、ニッと口《くち》の端《は》を吊《つ》り上げる。

この禿頭《とくとう》に頬《ほお》と眉《まゆ》のところに傷のある迫力《はくりょく》満点の強面《こわもて》は、名をヨルゲン。

勇斗が《狼《おおかみ》》の宗主《パトリアーク》だった頃《ころ》からの腹心の一人で、政治《せいじ》手腕《しゅわん》や人心掌握《しょうあく》に優《すぐ》れ、現在は勇斗の名代として新天地開発の総責任者を務めている男だった。

「まあ、そういうものではあるな」

勇斗も肩《かた》をすくめて同意する。

必要に駆られない時はなかなか動けないが、いざ尻《しり》に火が点《つ》けばそれまでのぐうたらが嘘《うそ》のように動くのが人間という生き物である。

さすがに皆《みな》、住む家がないというのは嫌《いや》だったのだろう。

それは必死に頑張《がんば》ろうというものだった。

「とは言え、さすがにこの規模で移民全員を養えるはずもなく、当初の予定通り、大半の者には別の場所への移住を勧《すす》めております。ただ……」

言いにくそうに、ヨルゲンが眉間《みけん》にしわを寄せる。

勇斗も頷《うなず》き、

「ああ、聞いている。原住民との間でトラブルが頻発《ひんぱつ》しているらしいな」

「はっ、指示通り、なるべく穏便《おんびん》に事を運ぼうと苦心しているのですが、力及《およ》ばずこのありさま。汗顔《かんがん》の至りです」

「この街の進捗《しんちょく》状況を見れば、お前が十分すぎるぐらいによくやってくれてるのはわかる。お前で駄目《だめ》なら土台無理があったんだろう」

ふうっと勇斗は嘆息《たんそく》する。

紀元前一五世紀頃、文字というものを持たないがために詳細がわからないだけで、スペインの南部にも人類は普通《ふつう》に定住し、日々の生活を営んでいた。

彼らにしてみれば、勇斗たちは、いきなり大挙して自分たちの土地に押《お》し寄せてきたよそ者である。

文化も全然違《ちが》う。言葉も違い、ボディランゲージぐらいでしか意思疎通《そつう》ができない。

そうなればやはり、どうしてもいざこざが起きないほうがおかしいのだ。

「出来れば点在する村々に受け入れられ、同化していけるならそれが一番だったんだがな」

「元々無理な提案をしているのはこちらです。拒否《きょひ》ぐらいであれば仕方ないと穏便に済ませられましたが……」

「ああ、もう何人も死んでるってんじゃ、お互《たが》い収まりつかねえわな……」

最初の頃は、物々交換《ぶつぶつこうかん》などをしそこそこ友好関係を築けていたらしいが、何かの拍子《ひょうし》に、血の気の多い若い者同士で殴《なぐ》り合いの喧嘩《けんか》になり、双方《そうほう》の陣営《じんえい》がそれをたしなめるどころか加勢し、ついには何人も死者が出る事態となった。

ヨルゲンとしてはそれでも謝罪の意を示し、見舞《みま》い品《ひん》を出し、友好的に努めようとしたそうなのだが、最近は原住民からの襲撃《しゅうげき》が相次いでいるのだという。

「今のところ、なんとか抑《おさ》え込《こ》んではおりますが、蛮族《ばんぞく》を討《う》ち滅《ほろ》ぼせ！　との声が軍部を中心に広がっており、正直、いつ暴発してもおかしくない状況です」

「蛮族、か」

勇斗の口に苦々しげな笑《え》みが浮《う》かぶ。

報告書を読む限り、原住民たちは何かのまじないなのか、染料《せんりょう》で顔に紋様《もんよう》を描《えが》いた異様な面体《めんてい》をし、使っている道具や武器なども石器がほとんどで、ユグドラシルよりかなり遅《おく》れているらしい。

自分たちより遅れた文明を蛮族と蔑《さげす》むのは、古今東西、よくあることではある。

人間の業といってもいいかもしれない。

だが、それが傲慢極《ごうまんきわ》まりない考えであることを、歴史を学んだ者として、勇斗はよくよく知っている。

その果てにあるものが、奴隷《どれい》売買や搾取《さくしゅ》、虐殺《ぎゃくさつ》、差別といったおぞましい物であることも。

さすがにそれを自分の治める国で横行させる気にはなれない。

かといって、ただでさえ慣れない土地でストレスが溜《た》まっているところにこれは、下手に不満を抑え込んでも暴発するだけであろう。

「さて、どうしたものかな」

大仕事を終え、ようやく一息吐けると思ったのもつかの間、次々と新たな難題が降りかかってくる。

半ば予想していたこととは言え、いざ実際にそうなるとげんなりせざるをえない。

そこへ追い打ちをかけるように――

「ヨルゲン様！　ヨルゲン様ーっ！　た、大変です！」

伝令と思《おぼ》しき兵士が慌《あわ》てた様子で駆け込んでくる。

はっきり言って悪い予感しかしない。

「って、えっ⁉　へ、陛下⁉　も、申し訳ございません！」

「いや、いい。それより何事だ？」

自分の姿を認め恐縮《きようしゆく》する伝令に、勇斗は続きを促《うなが》す。

彼自身は当たり前すぎることとスルーしているが、こういう時、形式や体面などを気にしないあたりが、彼をこの若さでここまでの地位に押し上げた主要因の一つである。

そんなものが急場ではまったく何の役にも立たないことを肌《はだ》で知っているのだ。

「はっ、北方より大軍が襲来《しゆうらい》しているとのこと！　その数、実に二万！」

「「っ⁉」」

勇斗とヨルゲンの顔に、緊張《きんちよう》が疾る。

信長の一〇万越《ご》えという兵数で若干《じやつかん》感覚が麻痺《まひ》しているところはあるが、食糧《しよくりよう》生産量がまだまだ乏《とぼ》しいこの時代、兵数が万を越えるのはなかなかないことである。

事実、古代史上最大の戦いと言われたカデシュの戦いですら、両軍ともに二万を越えていない。

「相当な国力だな。まさかそんな大国があったとはな」

一応、勇斗が調べた限りにおいては、この時代、スペインにそういった国家はなかったはずだ。

もっとも想定の範囲内《はんいない》ではあった。

報告によれば、彼ら先住民は文字を持たないという。

この年代ではままあることである。

遊牧民などはもっと後の時代になっても文字に残すという習慣がなく、ほとんど記録が残っておらず、詳細は謎なことがほとんどだ。

日本でも、邪馬台国《やまたいこく》の史料などは中国の史書にだけ残っており、実際に日本のどのあたりにあったかすら現代では不明なのである。

こういったケースは十分にあり得る事だった。

「ったく、新天地に降り立ったその日からこれかよ。つくづくそういう星の下に生まれたらしいな、俺《おれ》は」

がしがしと頭を掻《か》きむしりつつ、なんとも忌々《いまいま》しげに勇斗は眉をひそめる。

これまでがこれまでだったのだから、少しぐらいのんびりさせてほしいところである。

「ははは、それだけ天運をお持ちになっておられるということでしょう。一人の男として羨《うらや》ましい限りです」

「悪運の類としか思えないがな」

ヨルゲンの言葉に勇斗は苦笑《くしょう》とともに肩をすくめてから、

「まあ、カモがネギしょってきた、って思うことにするか。こてんぱんに叩《たた》きのめし、奴《やつ》らの土地を頂くとしよう」

すうっと目を細めて、冷たい声で言う。

ユグドラシルに来たばかりの勇斗ならば、過剰《かじょう》防衛ではないかなどと迷ったかもしれないが、数多《あまた》の修羅場《しゅらば》を潜《くぐ》り抜《ぬ》けた勇斗にはもうそんな甘《あま》さはない。

自分たちの都合で他国を侵略《しんりゃく》してその土地を奪《うば》うのはさすがに忍《しの》びなかったが、襲《おそ》ってきた奴にまで情けをかけてやる義理はなかった。

「ヨルゲン、今、兵をどれぐらい動員できる?」

「一万……いえ、せいぜい八〇〇〇といったところかと」

「まあ、それぐらいか」

それでもかなり無理をした数字であろう。

新天地に渡るにあたり、農業生産力の向上が急務であった。

鉄は鋳《い》つぶして農具にしてしまっている。

兵士の訓練を受けた者に限ればざっと五万はいようが、単純にそれをまかなう武器や兵《ひょう》糧《ろう》が圧倒的《あっとうてき》に足りないのだ。

「兵力差はざっと二・五倍ですか。本来なら厳しくはありますが、親父《おやじ》殿《どの》ならば問題ない数字ですな」

「おいおい、過信は禁物だぞ。戦は数で決まる。それが基本だ」

寡兵《かへい》で大軍を打ち破る。

それは確かに爽快《そうかい》で英雄《えいゆう》じみたものではあるが、戦略的にそんなものに頼《たよ》るのは危険極《きわ》まりない。

「それを散々覆《くつがえ》し続けている貴方《あなた》がそれを言いますか」

ヨルゲンがくくっとからかうように楽し気に笑う。

明らかにわかって言っている。

勇斗もやれやれと嘆息する。

「まあ確かに、俺が言っても説得力はない、な」

それは認めざるを得なかった。

だがだからこそ、そういう考えは後々のために今後払拭《ふっしょく》していかねばならないとも思った。

現代知識《チート》は勇斗一代限り、歴史の闇に葬るべきものなのだから。


「大王《ラバルナ》、敵が撃《う》って出てきました。この先の湿地帯《しっちたい》に布陣《ふじん》し、こちらを待ち構えております。その数、ざっと一万弱といったところかと」

「ほう、やはりなかなかの数の兵を抱《かか》え込んでおったか」

蛮族の王タフルワイリは、くくくっとしてやったりな笑みを浮かべた。

南方の海岸に異邦人が流れ着いたという報告を受けたのは、半年ほど前のことだ。

当初はたかだか数百人の集団と捨て置いたのだが、次々と民が送《おく》り込まれてきて、瞬《また》く間《ま》に数万、数十万の規模に達《たっ》するに至り、無視するわけにはいかぬと判断した。

侵略の意志はなく、極めて友好的だったと報告にはあるが、到底《とうてい》信じるわけにはいかなかった。

それだけの数の民を養うには、相応の土地がいる。

いずれ彼らが自分たちに牙《きば》を剥《む》いてくるであろうことは容易に想像がつく。

『体勢の整っていない今の内に早期撃滅《げきめつ》すべし！』

そう主張し、支配下にあるほとんどの部族に招集をかけたのだが、その判断はやはり間《ま》違《ちが》ってなかったと言うしかない。

「はっ、さすがは大王、慧眼《けいがん》かと」

「入植を放置していれば、いずれ我《わ》がタフールシーシュの最大の脅威《きょうい》となっておったでしょう」

「話によれば、かなり大きな船を持っているとのこと。奪えば、我がタフールシーシュの勢力はさらに増すことになるはず！」

「今ならば彼奴《あいつ》らを守る城壁《じょうへき》もありませぬ。たちどころに一網打尽《いちもうだじん》にできましょう」

配下の四天王が、意気《いき》揚々《ようよう》と進言してくる。

いずれも数多くの戦場を潜り抜け武功を重ねた頼《たの》もしき歴戦の将たちであり、そして思うところあれば諫言《かんげん》することも躊躇《ためら》わない旗揚《はたあ》げの頃からの戦友たちである。

彼らが一人として反対を口にしてこないことが、また頼もしい。

「よし！」

タフルワイリはパァン！　と膝《ひざ》を打って立ち上がる。

「全軍、戦闘《せんとう》配置につけ！　異邦《いほう》の民ごとき完膚《かんぷ》なきまで粉砕《ふんさい》してやれ！　二度と我らに立ち向かう気など起きぬよう、徹底的《てっていてき》に！　圧倒的に、だ！」

そう高らかに宣言する。

その声は力強く、聞く者が惚《ほ》れ惚《ぼ》れするほどの王者の威厳《いげん》に満ちていた。

実際、タフルワイリが率いる国タフールシーシュは、すでに傘下《さんか》の部族は小さいものも含めれば一〇〇を越え、その最大動員兵力はざっと二万と、現在このヨーロッパ一帯で群を抜く勢力を誇《ほこ》る。

タフルワイリはそれを一代で築き上げた無類の英傑《えいけつ》である。

「金の槍持《やりも》ち」という二つ名を轟《とどろ》かせ、戦場ではこれまで負けなし、配下にも武勇に秀《ひい》でた者たちが揃《そろ》っている。

一方の相手は敵に追われ、逃《に》げ落ちてきた流浪《るろう》の民。

まだまだ砦《とりで》も兵站《へいたん》も十分とは言えまい。

戦に絶対はないというが、もはや一分の隙《すき》もなく、負ける要素などどこにもない。

――はずだった。


それは、今ここでは聞こえるはずのない音だった。

ヒュンヒュンヒュンヒュンヒュン！

風切り音とともに、無数の矢が自軍に一斉《いっせい》に降り注いでくる。

「むっ⁉　奇襲《きしゅう》か！　どこからだ！」

タフルワイリがそう叫《さけ》んだのも無理はなかった。

まだ前方に敵を発見こそしたものの、かなりの距離《きょり》がある。

近くに伏兵《ふくへい》が潜《ひそ》んでいたと考えるのはごく自然のことであった。

ヒュンヒュンヒュンヒュンヒュン！

再び矢の雨が降ってくる。

今度は見逃《みのが》しはしなかった。

「なっ……⁉」

だからこそ、絶句する。

弓が放たれたのは間違いなく、前方に陣《じん》を構える敵兵からであった。

「あ、ありえん。どう見ても矢の届く距離ではないぞ⁉」

まだ両軍の間の距離は自分たちの弓の射程の倍近い。

神話や物語などでは戦いは剣《けん》や槍《やり》で華々《はなばな》しく打ち合うものだが、実際の戦で最も人を死傷している武器は、圧倒的に弓である。

つまり弓こそ、戦場で最も重要な武器なのだ。

その射程で、ここまで開きがあるということは――

「まともに真正面からやり合うのは厳しい、か」

ぎりっと歯ぎしりしつつ、タフルワイリは自らの不利を認める。

こちらの弓の射程に敵を捉《とら》えるまでにいったいどれだけの犠牲《ぎせい》が出るか、考えるだけでぞっとした。

また射程に捉えたところで、弓勢であちらが圧倒的であることは間違いない。

そこからも苦戦を強《し》いられるのは目に見えている。

「前進だ！　先鋒《せんぽう》のガリには怯《ひる》まず進めと伝えよ！」

それでもなお、タフルワイリは傲然《ごうぜん》と言い放つ。

このままいけば、先鋒の部隊には多大な損害が出るだろう。

あるいは壊滅《かいめつ》もあり得るかもしれない。

だが、それでいい。

否、むしろ、それが好都合だった。

「その他の部隊には合図とともにすぐに撤退《てったい》できるよう準備するよう伝えよ！」

「っ！　まさか！」

「獅子狩りでございますか⁉」

タフルワイリの次の命令に、古参の側近たちがタフルワイリの意図を察し目を剥く。

獅子狩り――

こちらがあえて逃げることで、敵を味方が伏《ふ》せて待ち構えている場所まで誘《さそ》い込み、包囲殲滅《せんめつ》するというもので、狩猟《しゆりよう》民族にとっては比較的《ひかくてき》ポピュラーな戦術だ。

タフルワイリも狩猟民族の出身であり、誰《だれ》に教えられるでもなく、狩《か》りからこの戦術の着想を得ていた。

最近は軍の規模も大きくなったことで使用する機会がなくなっていたが、まだタフルワイリが辺境の弱小部族の首長だった頃に多大な戦果を挙げ、今の地位まで駆け上がる礎《いしずえ》ともなった必勝戦術であった。

「そこまでするほどの敵とは思えませぬが……」

将軍の一人が眉間にしわを寄せつつ、難色を示す。

今の命令は、いわば先鋒隊を務める味方を冷酷《れいこく》に見捨てると言っているも同然だ。

心情的に忌避《きひ》感を覚えるのは当然のことと言える。

だが、極めて認識《にんしき》が甘いと言わざるを得ない。

「このままやり合えば、それ以上の損害が出る。下手をすれば全軍が本当に潰走《かいそう》することになるやもしれぬぞ」

その戦況分析《せんきょうぶんせき》は、極めて正確なものであったと言える。

凡将《ぼんしょう》であれば、それを認識するまでにかなりの時間を要したであろう。

「なっ⁉　偉大《いだい》なる大王率いる我がターフルシーシュは常勝不敗の軍ですぞ⁉　それがたかだか一万足らずに敗れるなど……」

「うむ、いくらなんでもそんな……」

まさしく今、こうして将軍たちがまったく危機を察知できず、むしろ楽勝だと認識しているように！

彼らとて、決して無能ではない。

むしろこれまで数多の戦果を挙げてきた勇将たちである。

弓の射程が大きく違う。

たったそれだけの情報で戦の行く末まで見抜《みぬ》いたタフルワイリが卓越《たくえつ》しているのだ。

だが今は戦の真っ最中である。

懇切丁寧《こんせつていねい》に説明している暇《ひま》はない。

「これは決定である。儂《わし》の言う通りにすれば勝つ！」

あえて尊大に言い切る。

大将に必要なのが協調性などではなく傲岸不遜《ごうがんふそん》さである事を彼は理屈《りくつ》ではなく本能で知っているのだ。

人という生き物は、そもそも奴隷になりたがっている、と。

自ら決断などせず、強力なリーダーに盲目的《もうもくてき》に従うことが最も安全で繁栄《はんえい》できることを本能で知っている、と。

だから彼らの望む傲慢《ごうまん》な王を与《あた》えてやっているのだ。

「はっ！　大王の仰《おお》せの通りに！」

「御心《みこころ》のままに！」

将軍たちもそれ以上は反論することなく、頭を垂れて、指示に従う。

その眼には疑いも不満もない。

彼らもまた身をもって知っているのだ。

タフルワイリが不世出の英雄であることを。

彼の言う通りにすれば、全てうまくいくのだということを。

彼はこれまで、一度たりとも自らの言葉をたがえたことなどなかったのだから。

タフルワイリは、ここよりはるか東方、二一世紀にはイランと呼ばれるあたり、狩猟と牧畜《ぼくちく》を生業とする村の子として生まれた。

たかだか一〇〇人かそこらという小さな部族だ。

幼少から人より一回り身体が大きく、そしてそれに見合う無双《むそう》の剛力《ごうりき》の持ち主であり、喧嘩をすれば大人相手にさえ負けなしだった。

「……退屈《たいくつ》だな」

齢《よわい》一五にもなると、タフルワイリは村での生活にすっかり飽《あ》き飽きしていた。

狩りもつまらないわけではないが、鹿や鳥、猪《いのしし》ごときではどうにも物足りない。

「駄目だな、こんなところにいては俺は腐《くさ》る」

せっかく人よりはるかに強靭《きょうじん》な身体で生まれ落ちたのだ。

自分はいったいどこまでやれるのか、ぜひとも試《ため》してみたかった。

それから約三ヶ月後——

タフルワイリは村を捨て、ハットゥシャ王国で傭兵《ようへい》になっていた。

この四方領域（古代オリエント世界のことを当時の人たちはこう呼んでいた）において、長く強勢を誇る大国だ。

最近は四方領域の覇権《はけん》をかけて、エジプトやバビロニア、ミタンニなどと激しく争っていると聞く。

腕《うで》を振《ふ》るう機会には事欠かなそうであった。

五年の月日が流れ――

「おお、息子《むすこ》よ！　此度《こたび》も大活躍《だいかつやく》だったそうじゃな！」

タフルワイリはその類稀《たぐいまれ》なる実力を認められ、最高護衛官ズルの娘婿《むすめむこ》として迎《むか》えられていた。

各地で反乱を起こす豪族《ごうぞく》たちを次々と打ち破り、

『タフルワイリの槍は同じ重さの金にも勝る価値がある』

と大王フィッツィヤ一世直々に賞賛したほどであり、今やハットゥシャ王国にその名を知らぬ者は一人としていないといっても過言ではないだろう。

「おぬしがいてくれれば、我《わ》が家《や》も安泰《あんたい》というものだ。わし亡《な》き後も、息子の補佐をよろしく頼むぞ」

「ええ、わかっております」

義父ズルの言葉に頷きつつも、しかしタフルワイリはどこか上の空であった。

ズルには感謝している。

学のなかった自分に兵法を教え、指揮官としての心得を叩き込んでくれたのは、他ならぬ義父である。

彼がいなければ、まだまだ一兵卒のまま燻《くすぶ》っていた可能性は高い。

だが一方で、思うのだ。

(もはやこれ以上の出世は望めんか)

大王の玉座も、最高護衛官の地位も、高貴な血筋とやらが必要だった。

タフルワイリにはどれだけ願ったところで手に入らないものである。

(簒奪《さんだつ》でもしてやるか。……いや、それでは裏切者の汚名《おめい》は避けられんな)

現大王フィッツィヤ一世の評判はすこぶるいい。

王族たちが権力争いに現《うつつ》を抜かし、内乱状態にあったハットゥシャ王国を平定し、以後、それまでの悪習をいくつも改めるなど善政を敷《し》いている。

義父である最高護衛官ズルもまた、フィッツィヤ一世への忠義に厚く、そして人格者としても知られた人物である。

その二人を敵に回しては大義名分はなく、仮に勝てたところで、誰からも後ろ指を指《さ》されるような玉座は、自分が座《すわ》るのに相応《ふさわ》しいとは思えない。

(ここらが潮時だな)

タフルワイリはあっさりと国を捨てる覚悟《かくご》を決める。

彼はこの時、二〇歳《はたち》を少し過ぎたところ。

まだまだ若い。

この先ずっと出世もままならぬまま飼い殺しにされるのはまっぴらごめんだった。

そうなるぐらいなら四方領域を飛び出し、そこで王として成り上がってみるのも一興だと思った。

特に失態もしていないのに富と地位と名誉《めいよ》を捨て、未開の地で再起を図《はか》るなど、まともな神経ではない。

凡人《ぼんじん》どもは狂《くる》ったとか、驕《おご》り高ぶったとか、嘲笑《あざわら》うかもしれない。

それでも、男として生まれ落ちたからには、目指さずにはいられなかった。

大王として、全ての人間を自らの足元にひれ伏させることを。

果たしてそれは、ヨーロッパの地で果たされた。

わずか一〇年あまりの間に。

一〇〇あまりもの部族を平らげ、彼はこの地の覇者《はしゃ》となっていた。

決して平坦《へいたん》な道のりではなかった。

特に旗揚げしてしばらくは苦難の連続だったと言える。

命の危機を感じたことは両手でも数え切れない。

それでも、タフルワイリはその全てを跳《は》ねのけ、今ここに大王として立っている。

「やはり俺は神に愛されている！」

そう確信するのに、十分な一〇年であった。

今回の敵も、強弓《ごうきゅう》に大船となかなかに脅威である。

が、乗り越えられないはずがない。

なぜなら自分は、この世界の覇王《はおう》たれと神に選ばれた人間であり、こんなものは所詮《しょせん》、タフルワイリという英雄が紡《つむ》ぐ物語を彩《いろど》る難関の一つに過ぎない。

と、彼はわずかの疑いもなく、心の底から信じて疑っていなかった。

一種の誇大妄想狂《こだいもうそうきょう》と言えなくもないが、英雄とは元来そういうものである。

タフルワイリは間違いなく、その妄言《もうげん》を実現するに足る確かな実力とカリスマを兼《か》ね備《そな》えていたのだ。

ただ一つ、不幸があったとすれば――

存在自体がチートな男に出会ってしまったことだけだった。

「前衛より報告！　敵先鋒隊、こちらの弓に怯むことなく突《つ》っ込んできます！」

「思ったより士気が高いな」

クリスティーナの報告に、勇斗は意外そうに目を瞠《みは》る。

兵士の大半は農民なのがこの時代の常で、ちょっとヤバい状況を演出してやれば、たちまち逃げ出したりするものだ。

信長やスティンソール、ファグラヴェールなど、これまでずば抜けたカリスマ性を持つ敵ばかり相手にしていたのであまりそういう機会はなかったのだが、この圧倒的射程差により一方的に矢で攻撃《こうげき》され続けるというのは本来、兵士の心を折るには十分な脅威である。

「とっとと戦意喪失《そうしつ》してくれたほうが、こっちも気楽だったんだけどな」

その声は多分に苦々しげであった。

この手は数え切れないほどの人の血で染まっているし、仕方ないことと割り切ってもいるが、それでもやはり、人の命を奪うことに抵抗《ていこう》がないわけでもない。

だが、まだ応戦するというのならば、油断する気も容赦《ようしゃ》する気もなかった。

「弓隊にはそのまま矢の雨を降らせ続けろ！　クロスボウ隊にも伝えろ！　敵が射程に入り次第《しだい》、撃って撃って撃ちまくれ、とな！　敵を絶対に寄せ付けるな！」

勇斗は手を振りかざし、号令をかける。

しばらくして――

「敵先鋒隊、ほぼ壊滅！」

クリスティーナが戦局を報告してくる。

ほぼほぼ予想通りの結果であった。

《鋼《はがね》》には数千年時代の先を行く遠隔《えんかく》武器があり、自軍と敵軍の間に圧倒的な射程差があるのは最初からわかっていた。

それを利用しない手はなかった。

W型の陣を敷くことで、敵は左右両方から矢を射かけられることになる（五稜郭《ごりょうかく》のような星型要塞《ようさい》と同じ理屈だ）。

その上、矢は上から降ってきて、クロスボウは横から飛んでくるのだ。

兵士たちからしたら、どう防げばいいのかもわからなかったに違いない。

今回参考にしたのは、英仏百年戦争のクレシーの戦いである。

いくつもの落とし穴を掘《ほ》り、射程に勝るロングボウで四倍という圧倒的兵力差を誇るフランス軍を相手にワンサイドゲームした一戦だ。

さすがに落とし穴を掘っている時間まではなかったが、

「湿地《しっち》に誘い込むことで敵の進軍速度を鈍《にぶ》らせつつ、弓の射程差で一方的にハチの巣にするという今回の作戦、上手《うま》くハマりましたね」

「ああ、素直《すなお》にホッとしているよ。今回、あんま白兵戦に持ち込みたくはなかったからな」

「そうですね。なにせ先の戦で『波の乙女《おとめ》』はほぼ壊滅、フェリシア叔母《おば》さんもジークルーネ姉さんも産休中、ときてますからね」

「ついでに言えば、後方支援《しえん》を務めるリネーアもだな」

「いくらそれが神帝《ティウダンス》の務めとは言え、がんばりすぎでしょ。おかげで戦力がた落ちじゃないですか。夜まで覇王にならなくてもいいんですよ？」

「うっせ。こういうのは授《さず》かりものなんだから仕方ねえだろ」

軽口を叩きつつも、実は内心ちょっと狼狽《うろた》えていた。

今回、優秀《ゆうしゅう》な部下を多数欠いたことで、クリスティーナの言うように、《鋼《はがね》》の戦力はかなり落ちていた。

具体的には、勇斗の指示に対する軍の反応がかなり鈍く、動きもどこかぎこちない。

戦の勝ち負けには国の命運もかかっている。

今後はもうちょっと自重しようと反省した勇斗である。

「だいたいお父様は……ん？　あっ、すみません」

何かを言いかけたクリスティーナだったが、さっと手で制し、トランシーバーを耳にかざしてうんうんと頷く。

「前衛よりさらに報告です。敵が後退を始めたとのことです」

「ふむ、さすがにこのまま闇雲《やみくも》に攻《せ》めても被害《ひがい》が増えるだけだと悟《さと》ったってところか」

先鋒隊が敵に一槍つけることさえ出来ずにやられっぱなしだったのだ。

実に妥当《だとう》な判断と言える。

「追撃《ついげき》しますか？」

「そうだな……いや、待て！」

勇斗は頷きかけるも、すぐにはっとなって制止の声をあげる。

どうにも嫌な予感がした。

「お父様？」

「俺の勘《かん》が最大級の警報を鳴らしている。このまま進めば、何か良くないことが起こるってな」

勘と言っても、馬鹿にしたものでもない。

昔読んだ本によれば、勘とはただのあてずっぽうではなく、無意識に脳が経験則から一《いっ》瞬《しゅん》で計算して導き出したもの、だそうだ。

さすがに無視するわけにはいかなかった。

「どうやらここが使い時だな」

勇斗は小さく息を吐《は》くとともに、目をつむり、意識を自らの中へと向ける。

奥《おく》へ奥へと潜《もぐ》っていき、鎖《くさり》で雁字《がんじ》搦《がら》めにされた巨大《きよだい》な光の塊《かたまり》をとらえる。

それを掴《つか》み、上層へと無理やり引きずり出す。

瞬間《しゆんかん》、周囲に感じていた人の気配が一気に強くなる。目をつぶっているのに、どこにいるのかまではっきりとわかる。

「やはり、だな。前方の敵軍の兵士たちには感情の乱れがない」

おそらくこれが、先程《さきほど》の嫌な予感の正体だろう。

矢の雨に怖《おそ》れをなして逃げ出したというのならば、もっと兵士からは怯《おび》えや戸《と》惑《まど》いが伝わってくるはずだ。

それがないということは――

「まさか！　退却《たいきやく》は偽《ぎ》装《そう》ということですかっ⁉」

「ああ。おそらく釣《つ》り野《の》伏《ぶせ》だな。後方の部隊が左右に展開していっている」

こともなげに勇斗は言うが、もちろんこんなことは普通の人間にはわかり得ないことである。

神帝《テイウダンス》シグルドリーファから受け継《つ》いだ双紋《そうもん》の一つ、《軍勢《ヘル》の守り手《ヴォルヴォル》》の力だった。

人の気配や意志などを肌で感じ取れるだけの、一見、どうにもパッとしない地味極まり

ない力であるが、

「ワタシの情報網《じょうほうもう》よりはるかに早く詳細《しょうさい》とか、ほんと人外めいてきましたよね、お父様も。いえ、お父様風に言うならば、チート、でしたっけ？」

クリスティーナが呆《あき》れたように、皮肉ってくる。

戦争において、敵の位置や、動きの把握《はあく》は急務であり、最重要情報であることを彼女《かのじょ》は当然、知り抜いている。

これまでそういうことは、彼女とその部下が必死にその足を使って集めていたのだ。

それをこんな本陣《ほんじん》にいながらにしてあっさり正確に感知されては、自分のこれまでの頑《がん》張《ば》りはいったいなんだったのかと皮肉の一つも言わねばやってられないのだろう。

「さすがにそう頻繁《ひんぱん》に使える代物《しろもの》でもないがな」

勇斗も苦笑しつつ返す。

本来、この力はグレイプニルにより何重にも封印《ふういん》されており、それを無理やり力づくで引っ張り出している。

使うたびにごっそりと精神力や体力を奪われるので、あまり多用はできない。

そういう意味では、やはりクリスティーナの存在が貴重なことに変わりはなかった。

「ん？　もしかしてユウト、お前も軍の位置がわかるのか？」

勇斗の傍《かたわ》らに立つ小さな黒髪《くろかみ》の少女が、興味津々《きょうみしんしん》な表情で見上げてくる。

名を織田ホムラ。

《炎《ほのお》》の宗主織田信長の娘《むすめ》にして、双紋の力を有し、先の戦では大いに苦しめられたものだった。

「お前もってことは、ホムラもわかるのか？」

勇斗は思わず目を瞠りつつ、問い返す。

そのルーンは命を活性化させたり、操《あやつ》ったりする能力と聞いていたが、

「当然である。ホムラにかかればそれぐらいお茶の子さいさいなのである！」

真っ平な胸を張りながら、ホムラがえっへんと鼻を鳴らす。

こういうところは実に子供っぽいのだが、言っている内容は洒落《しゃれ》にならないものである。

《炎《ほのお》》との戦いで、こちらの位置が敵に筒抜《つつぬ》けになっているように感じたのは、まさしく彼女の力によるものだったというわけだ。

「そういうことは先に教えておいてくれよ」

げんなりとした声で、勇斗はぼやく。

こんな力があると知っていたら、もっと早くに有効活用していたのに。

まあ、子供の話す内容が要領を得ないのは、当たり前のことではあるのだが。

「お前だって教えてくれなかったじゃないか」

「むぅ、そう言われると返す言葉がないな」

「なあなあ、それよりもしかして、他にもわかる奴、いたりするのか？」

わくわくと問いかけてくる。

仲間が欲《ほ》しくて仕方がないらしい。

「そんなのわかるのは貴方がたぐらいですよ。他にもいたら、ワタシたちはおまんまの食い上げです」

クリスティーナが苦笑とともに否定するも、

「ほえ？　アタシもなんとなくあの辺に敵さんがいるのはわかるよー。なんか風が教えてくれるというか」

もっとも近しい身内であるはずの姉が、天然に裏切ってくる。

「ムッ」

クリスティーナがわずかに唇《くちびる》を尖《とが》らせる。

双子《ふたご》の姉にわかって自分にわからないというのは、微妙《びみょう》に悔《くや》しいのだろう。

「そうね。あたしも場所まではわからないけど、音や匂《にお》いでなんとなく」

ついでおさげの赤毛の少女も、ふふんっとドヤ顔で言う。

『親衛騎団《ムスッペル》』改め、ケンタウロス隊々長のヒルデガルドである。

普段《ふだん》、クリスティーナには口喧嘩《くちげんか》でやりこめられているだけに、ここぞとばかりに反撃《はんげき》といったところか。

「人外の巣窟《そうくつ》だな……ここは……」

「ほんと～ですね～。これじゃあ《鋼《はがね》》には～、伏兵による奇襲は～、絶対不可能ね～」

少し離《はな》れたところで、なんとも呆れたように引き攣《つ》った笑《え》みを浮《う》かべているのは、ファグラヴェールとバーラである。

そう言う彼女たちにしたところで、十分、人外の力を持っている。

ファグラヴェールの《戦を告げる角笛《ギャッラルホルン》》は、軍全体を一時的にとはいえ死をも恐《おそ》れぬ狂《きょう》戦士の群れへと変化させる、王のルーンと称《しょう》されるほどに強力な代物だ。

バーラもまた、微に入り細を穿《うが》つ感じで、勇斗の戦略・戦術の抜けを補強し、より確固たるものにしてくれる、《鋼《はがね》》きっての知略の持ち主である。

「……なんかワタシ、敵に同情したくなってきました」

クリスティーナがなにやら疲《つか》れた表情で嘆息《たんそく》する。

その顔には、「やってられねえ！」とでかでかと書かれていた。

「同感だ」

慢心《まんしん》しているつもりはいささかもないのだが、そう感じずにはいられなかった。

今回の敵は、間違いなく強いのだ。

この時代に二万という大軍を動員できる国力。

先鋒隊をあえて犠牲にしてこちらを誘い出そうとする冷徹《れいてつ》で合理的な決断力は、勇斗にはないものである。

そして偽装退却《ぎそうたいきやく》という難易度の高い戦術を整然と行えるカリスマ性と統率力《とうそつりょく》。

どれをとっても非凡《ひぼん》である。

時代を築くだけの器の持ち主だといっても過言ではないだろう。

そして今の《鋼《はがね》》は、将棋《しょうぎ》に例えるなら、金銀飛車角落ちなのは確かなのだ。

虎《とら》の子の火薬も、歴史への影響《えいきょう》を考慮して製造禁止にしている。

だというのに、負ける気がまるでしない。

それどころか――

「これ、完全にオーバーキルだよなぁ」

「大王《ラバルナ》、殿《しんがり》を務めているラムダ将軍より伝令。追いかけてきた敵と交戦中とのことです」

「くくっ、まんまと追ってきおったか」

伝令の報告に、タフルワイリはにんまりとほくそ笑む。

ラムダはターフルシーシュ四天王の一人で、特に撤退戦を得意とする。

今回の作戦にはうってつけの人材である。

彼《かれ》に任せておけば、怪《あや》しまれない程度《ていど》に敵とやり合いつつ、うまく敵を所定の場所まで誘い出してくれることだろう。

「して、両翼《りようよく》の布陣はどうなっておる？」

「はっ。そちらもすでに皆《みな》、準備万端《ばんたん》。戦意も高く、後は大王が号令をかけるのみでございます」

「そうかそうか」

満足気にタフルワイリは頷《うなず》く。

両翼には、ターフルシーシュが誇る最精鋭《さいせいえい》、戦車部隊を配置してある。

二頭立ての馬車に、御者《ぎよしや》、戦士、射手の三人を乗せ、戦場を縦横無尽《じゆうおうむじん》に駆《か》け巡《めぐ》り蹂躙《じゆうりん》するこの時代の最強部隊である。

その保有数がそのままその国の戦力とまで言われるほどであり、それを左右に二〇〇〇ずつ、まさに完璧な布陣と言えた。

「くはは、飛んで火にいる夏の虫とはこのことよな。初戦の勝利に浮かれて平地に出てきたのが運の尽《つ》きよ」

湿地では使えなかったが、平地ならば戦車を思う存分、暴れ回らせることができる。

いかに敵の弓が長い射程を誇ろうが、戦車部隊がその機動力と突破《とっぱ》力を活《い》かして両側面から一気呵成《いっきかせい》に突っ込《こ》めば、必ずや一網打尽にできよう。

「さあ、こい、こい！」

よだれさえ垂らしそうな獰猛《どうもう》な笑みで、タフルワイリはその時を手ぐすね引いて待つ。

まさかあっさりと敵に偽装退却を見破られ、あえて誘い出されたふりをされているなどとは、夢にも思っていない。

必勝の確信に胸を踊《おど》らせていた。

やがて――

「ラ、大王《ラバルナ》、来ました！」

「っ！　来たか！」

待ちに待った獲物《えもの》の到着《とうちゃく》に、タフルワイリは興奮の声をあげる。

――が、それは次の報告ですぐに唖然《あぜん》とすることになる。

「し、信じられません！　て、敵の一団が馬に乗って突っ込んできます！　その数、ざっと一〇〇〇以上！」
「……は？」
一瞬、何を言っているのかわからなかった。
タフルワイリとて、乗馬の心得ぐらいはある。
だからこそわかる。
歩かせるぐらいならばともかく、駆けさせるとなれば一朝一夕《いっちょういっせき》にはいかない。
かなりの訓練期間を要するのは間違いない。
それを一〇〇〇人以上!?
「こ、コケ脅《おど》しだ！　馬上では踏《ふ》ん張りがきかずろくに戦え……」
そこまで言いかけたところで、タフルワイリの目はさらにあり得ないものを捉える。
空から自陣《じじん》へと降り注ぐ矢の雨を。
撃《う》ったのは当然、前方から駆けてくる部隊であろう。
「ま、まさか！　馬を駆けさせながら撃てるのか!?」
わけがわからず、思わず絶叫《ぜっきょう》するタフルワイリ。
弓を射るということは、当然、両手を使うということだ。
つまり、しがみついている馬のたてがみから手を離している、ということだ。

全速力で駆けている最中に！

「どうして馬から振り落とされない⁉」

一人か二人であるならば、馬術の達人なのだろうとなんとか納得《なっとく》もできるが、一〇〇〇人以上ともなれば、話が違ってくる。

その上──

「またです！　また我らの射程外から矢を！」

「やかましい！　言われずとも見えておるわ！」

さすがに冷静ではいられず、キレ気味に怒鳴《どな》り返す。

どうやら目の前の馬上の集団は、馬術だけでなく弓術《きゅうじゅつ》においても名人揃《ぞろ》いらしい。

とんでもない強弓を、恐るべき速さで次々と間断なく射かけてくる。

いったいどうやって⁉

ありえない事態の連続に混乱するタフルワイリであったが、それでも彼はやはり希代の英雄《えいゆう》だった。

「狼煙《のろし》を上げよ！　両翼の戦車部隊に合図を送れっ！　前線にも急ぎ通達！　戦車部隊の到着までなんとか耐《た》え抜《ぬ》けとな！」

すぐさま冷静さを取り戻《もど》し、矢継《やつ》ぎ早《ばや》に指示を出していく。

この指示は、功を奏した。

ターフルシーシュの兵士たちにとって、戦車部隊は最強の代名詞である。

彼らは何度も見てきた。

戦車部隊がその突撃《とつげき》によって敵を蹴散《けち》らしていく様を。

それによって哀《あわ》れに逃《に》げ惑《まど》う敵兵の姿を。

いかに敵が面妖《めんよう》な戦い方をする未知の集団であろうとも、無敵の戦車部隊が負けるはずがない。

戦車部隊が駆けつけてくれれば勝てる！

その信頼《しんらい》が、兵士たちの心をぎりぎりのところで踏み止《とど》まらせた。

「ぐううっ、忌々《いまいま》しい連中め」

下唇《したくちびる》を血が滲《にじ》まんばかりに噛《か》み締《し》め、タフルワイリは唸《うな》る。

敵は進軍を止め、こちらの矢が届かないところに止まりながら矢の斉射《せいしゃ》に移っていた。

またもや一方的にこちらだけが攻撃される状況《じょうきょう》である。

「まだか……まだか……っ！」

ここで下手に下がれば、弱気と取られ、敗戦ムードが全軍に漂《ただよ》う。

そうなれば、タフルワイリといえど容易には立て直せない。

かといって突撃をかけるのはまだ早すぎる。

さすがにあんな精鋭部隊と真っ向からやり合えば、ただでは済まない。

両翼の戦車部隊とタイミングを合わせ、包囲殲滅するのが得策だろう。

だからこそ、今は我慢《がまん》の時である。

一分一秒がそれこそ永遠にも感じられ――

「「「「おおおおおっ!!」」」」

前線のほうから歓喜《かんき》の声が沸《わ》き立つ。

ついで馬群がもたらす重厚《じゅうこう》な蹄《ひづめ》の音といななきが、身体の芯《しん》にまで響《ひび》いてくる。

ついに、ついに、ついに！

ついに待ちに待った戦車部隊が到着したのだ。

「時は来た！　皆の者、よくぞ耐えに耐えた！　今こそ反撃の刻よ！　全軍、突撃！　これまでの恨《うら》みを倍返ししてやれ！」

立ち上がり、タフルワイリは雄叫《おたけ》びのごとく声を張り上げる。

その自信にあふれた総大将の姿は、見る者に勇気を与え、そして、たちまち全軍へと伝《でん》播《ぱ》し、

「「「「「おおおおおおおおおおっ!!」」」」」

けたたましい鬨《とき》の声《こえ》が巻き起こり、ドドドドッと地響《じひび》きとともにターフルシーシュ軍が敵騎兵《きへい》部隊へと押《お》し寄せていく。

これまでの怒《いか》りが爆発《ばくはつ》していた。

兵士たちが放つオーラには鬼気迫《ききせま》るものがあり、その様はまさに疾風怒濤《しっぷうどとう》、全てを呑《の》み込まんばかりの勢いである。

「敵部隊、転進。撤退《てったい》していきますぞ！」

「どうやら我らの気迫《きはく》に恐れをなしたといったところですな！」

側近たちからも歓声《かんせい》があがる。

いかにあの騎兵部隊が言語に絶する精鋭とはいえ、その数はたかだか一〇〇〇かそこらだ。

怒り狂った二万の兵に四方八方から攻めかかられては、さしもの敵もなす術《すべ》もなく逃げるより他になかったのだろう。

「見よ！　敵が逃げていくぞ！　我らの勢いに怖気《おじけ》づいたのだ！　このまま一気に攻めか……っ!?」

勢いにのって兵を鼓舞《こぶ》しようとして、タフルワイリはゾクッ！　と背筋に凄《すさ》まじい寒気を覚え、言葉を呑み込む。

とにかく嫌《いや》な予感がした。

胸がぞわぞわし、この先へ兵を進めようとするのを心が強烈《きょうれつ》に拒絶《きょぜつ》する。

それはまさに時代を作る英雄たる者だけが持つ第六感と言えるものかもしれない。

「っ！　まさか⁉」

まさかまさかまさかまさかまさか⁉

あり得ない。あり得ていいはずがない。

だが、そうとしか思えなかった。

「止まれぇいっ！　前線に急ぎ指示を飛ばせ！　罠《わな》じゃ！　彼奴《あいつ》ら、逆に我らに獅子《しし》狩《が》りを仕《し》掛《か》けてきておる！」

全ての情報が、それを指し示していた。

今目の前にいるのは、敵の騎兵部隊のみ。

他の兵の姿は見えない。

ただ、馬足の速さで先行しているだけと思ったが、そうではない。

あの騎兵たちは、囮なのだ。

自分たちを誘《さそ》い出すために！

まんまと本隊も、左右の戦車部隊も軒並《のきな》み釣られてしまっている。

「止まれぇい！　止まるのだぁっ！」

タフルワイリの絶叫は、しかし皆には届かない。

馬で伝令を飛ばす関係上、タイムラグがどうしてもある。

しかも散々、一方的に攻撃され、鬱憤《うっぷん》を溜《た》めに溜めていたところに、ようやく発散の機会を与えられたのだ。

しかもその憎《にく》むべき相手がすぐ目の前で逃げ惑っており、復讐《ふくしゅう》のまたとない好機なのである。

騎兵たちにまんまと誘い出され、吸い寄せられていく。

だが、追いつけない。

追いつけるはずがないのだ。

いかに戦車の機動力とは言え、人しか乗せていない馬と、荷台に三人も乗せた二頭立ての馬車では、どちらが速いかなど自明の理である。

だが、凶暴《きょうぼう》な殺意と勝利の予感に囚《とら》われた兵士たちにはそれがわからない。

血気に逸《はや》ってしまった兵士たちの暴走は、もはや止まらない。

ヒュンヒュンヒュン！

ヒュンヒュンヒュン！

もはや必然とでも言うべきか、左右両方から自軍に雨あられと矢が降り注いだ。

なまじ深く勢いよく突撃していたターフルシーシュ軍に、もはやそれから逃《のが》れる術はどこにもなかった。

「敵の総大将は悪魔《あくま》か何かか⁉」

タフルワイリが戦慄《せんりつ》に震《ふる》えた声でうめく。

こちらの策をあっさりと見破り、逆に同じ策を仕掛け返してきた。

それもこちらよりはるかに巧妙《こうみよう》に！

将としても、完全に上を行っているということだ。

「ぐ、ぐぅぅうっ！」

口惜《くちお》し気《げ》な呻《うめ》きが、タフルワイリの口から洩《も》れる。

噛み締めた唇と、握《にぎ》り締めた拳《こぶし》から血が滴《したた》り落ちていた。

完璧《かんぺき》に手のひらの上でいいように転がされ、敵の一人を討《う》ち取ることもできず。

生まれ落ちて三四年、これほどの屈辱《くつじよく》はかつてなかった。

「はあ……はあ……はあ……はあ……っ！」

薄暗《うすぐら》い森の中を、タフルワイリはただひたすらに駆けていた。

金色に輝《かがや》いていた青銅製の鎧《よろい》は、すっかり泥《どろ》にまみれて見る影《かげ》もない。

力強く活力に満ち満ちていたその顔も、今や汗《あせ》と疲労《ひろう》と失意にまみれ、著《いちじる》しく精彩《せいさい》を欠き、もはや別人のようである。

ほんの一刻前までは、まさかこんなことになるとは露《つゆ》ほども思っていなかった。

今頃《いまごろ》、敵の首を肴《さかな》に勝利の美酒をかっくらっているはずだったのだ。

それが今やどうだ。

状況はまったくの逆である。

だがそれでも、

「はあはあ……おのれ！　おのれええええっ！」

その眼だけは死んではいなかった。

わずかの諦《あきら》めもなく、怒りの炎が燃《も》え盛《さか》っていた。

「この屈辱、絶対に忘れん！　はあはあ、数年の後に必ずや何倍にもして返してやるからな！」

一刻近く走りっぱなしということもあって、肉体はすでに限界に近かったが、屈辱を、怒りを、復讐心《ふくしゅうしん》をエネルギーに変え、突き進《すす》む。

今回の戦いで失ったものは多いが、それでも国に戻れば、まだ自分を慕《した》う多くの民が、兵士がいる。

数年、じっくり力を溜め、英気を養い、絶対に復讐してやるのだ。

「あっ、鬼《おに》さんみーっけ！」

不意に頭上から、戦場には不釣《ふつ》り合いなあどけない声が響く。

驚《おどろ》き見上げると、年《とし》の頃《ころ》一〇歳ぐらいだろうか、黒髪の少女がにんまりと勝ち誇《ほこ》ったように笑っていた。

「今回のヒルダとの勝負は、ホムラの勝ちだな」

うんうんと嬉《うれ》し気《げ》に頷き、ひょいっと飛び降り、タフルワイリの前に立つ。

（なんだ？　近くの村の子供か？　いや、違《ちが》う）

咄嗟《とっさ》に浮かんだ考えを、タフルワイリは即座《そくざ》に否定する。

この近くには村落などなかったはずだ。

子供一人がこんな森の中をうろついているのは不自然である。

しかもあの少女の格好は極《きわ》めて奇抜《きばつ》で、ここらでは見たことも聞いたこともないものだ。

なにより――

「お前、なかなかやるな。ととさまやユウトには負けるが、かなりの存在感だ。おかげで遠くからでもすぐわかったぞ」

この言動からも、自分を探し追ってきたことは間違《まちが》いなかった。

しかも遠くからでもわかる？

それでは到底《とうてい》、逃げようがないではないか。

見た目はただのあどけない華奢《きゃしゃ》な少女にしか見えないが、面妖極《めんようきわ》まりない。

「何者だ、おぬし？　到底、人とは思えんな」

腰《こし》の剣《けん》を抜き放ちつつ、タフルワイリは強張《こわば》った声で問う。

体感的には、神話に出てくる巨大な怪物《かいぶつ》と向き合っているかのようである。

まるで勝てる気がしない。

以前、熊と決闘《けっとう》した時にも、五倍の兵力とやり合わねばならなくなった時にも、これほどの絶望感を覚えたことはなかった。

「ん？　そうだね。お前の言う通り、ホムラは普通《ふつう》じゃない。双紋のエインヘリアルだよ」

「双《そう》……エイン……？」

聞きなれない単語に、タフルワイリはいぶかしむ。

神代の言語か何かだろうか？

「ああ、そういやこっちの人間は知らないのか、エインヘリアル。ま、いいや」

瞬間、視界から少女の姿がかき消えた。

ほぼ同時に、鳩尾《みぞおち》のあたりに鋭《するど》い衝撃《しょうげき》が疾る。

「げふぁっ！」

苦悶《くもん》の声とともに、タフルワイリはその場にうずくまっていた。

もはや痛いというより、苦しい。

苦しさが身体中《からだじゅう》を駆け巡り、もはやそれしかない。

「殺さずに捕《つか》まえるのがゲームのルールだから、とりあえず生かしておいてやる。良かったな」

「げほっ、げほっ⁉　こひゅー！　こひゅー！」

息も出来ず、喉《のど》からは変な音しか出ない。

敵が目の前にいるのだ。

早く立って戦わねばならないというのに、あまりの激痛に身体が動かない。

一発、そうたった一発で、あっさり戦闘《せんとう》不能にされていた。

（馬鹿な……っ⁉　最近は多少、実戦から遠のいたとは言え、俺《おれ》は『金の槍持《やりも》ち』とまで言われた男だぞ⁉）

この少女が見た目とは裏腹に後にも先にも比肩《ひけん》しうる者がいない強者であることはもち

ろんわかっていた。

それでも、タフルワイリは世界でも三本の指に入るであろう強者だと自負していた。

実際、自分とまともにやり合える男など、これまで片手で数えられるほどもいなかったし、そのどれにも勝利してきた。

だからこそ、彼はここまで昇《のぼ》りつめることができたのだ。

その自分がこうもあっさりと!?

決して……そう決して！

わずかたりとも油断していなかったというのに。

かつてないほどの緊張感《きんちょうかん》で、その一挙手一投足に集中していたというのに！

「ふふふ、負けて悔しがるヒルダの顔が今から思《おも》い浮かぶな」

しかも相手は、自分を意識すらしていない。

あくまで他の誰《だれ》かとの勝負に夢中だというのだ！

どこまでもどこまでも、人を苛立《いらだ》たせる舐《な》め腐《くさ》った連中だった。

しかしそんな奴《やつ》らに手も足もでず、もはや指一本も動かせない。

あっという間に簀《す》巻《ま》きにされて、年端《としは》も行かぬ少女に運ばれていく。

「えっさ、ほっさ……」

人ひとりを抱《かか》えているというのに、まるで馬で駆けるような速さである。

「夢だ……これは悪い夢だ……ははは……」

このあまりにシュールな状況に、さすがのタフルワイリももはや現実逃避《とうひ》するより他になかった。

そして彼には残念なことに、もちろん夢ではなかった。


敵本陣に引っ立てられたタフルワイリは、驚愕《きょうがく》と恐怖《きょうふ》に顔を引き攣らせていた。

そこにいたのは見目麗《うるわ》しい、思わず所かまわずむしゃぶりつきたくなるような美女達である。

最初、戦場にまでこんな数の女を連れてくるとは、敵方の総大将は大層な好き者らしいと思った。

こんな道楽半分の相手に負けたのかと自分が情けなくなった。

だが、そんな考えは一瞬にすぎず、すぐにいずこかへと吹《ふ》き飛んでしまった。

（こ、ここは化け物の巣窟か⁉）

タフルワイリは一代で大国の王にまでのし上がった男である。

その原動力の一つが、人を見る目の確かさだ。

先程のホムラという少女の力量を即座に見抜《みぬ》いたように、タフルワイリの眼力は、見た目に惑わされることはない。

だからこそ、わかるのだ。

ここにいる者たちの類稀《たぐいまれ》なる力量が！

どいつもこいつも、一国の王となっていてもおかしくない器と存在感の持ち主ばかりなのだ。

「おっ、捕まえてきたのか。ゲームはホムラの勝ちみたいだな」

そして極めつけがこの黒髪の小僧《こぞう》である。

年の頃は二〇《はたち》歳ぐらいだろうか。もっと若いかもしれない。

見た目はひょろっとしていて、あまり強そうにも見えない。

おそらく一対一ならば、まず負けることはないだろう。

だが、すぐにピンときた。

(こいつが化け物どもの親玉か！)

とにかくその身にまとう風格が他とは段違《だんちが》いだった。

この場に揃《そろ》う綺羅星《きらぼし》のごとき諸将たちでさえ、この男の前ではかわいく思えてしまう。

いったいどんなとんでもない経験を積めば、この若さでこんな化け物じみた雰囲気《ふんいき》をまとえるというのだ⁉

「で、彼が敵の総大将か」

「っ⁉」

ジロリと睨《ね》めつけられた瞬間、感じていたプレッシャーが一気に跳《は》ね上がった。

大量の氷を放《ほう》り込まれたかのようにぶるっと背筋が寒くなり、ガタガタと身体が震える。

今さら死を恐れるタフルワイリではない。

事実、先にホムラと対峙《たいじ》した時でさえ、極度の緊張を強《し》いられはしても、こんな金縛《かなしば》りのようなことにはならなかった。

「くっ！」

気が付けば、ふいっと視線を逸《そ》らしてしまっていた。

たかだか二〇かそこらの小僧ごときの眼光に気圧《けお》されて、耐えられなかったのだ。

この大王タフルワイリが！

「ふっ、まあ、そう怯えるな。別に命まで取る気はない」

黒髪の小僧が小さく笑うと同時に、プレッシャーが緩《ゆる》まる。

それがまた憐《あわ》れまれているようで、タフルワイリには屈辱だった。

「俺は周防《すおう》勇斗だ。貴君の名を聞きたい」

「……タフルワイリだ」

今さら隠《かく》したところで余計になおさら格を落とすだけである。素直《すなお》に返す。

スオウユウトと名乗った男はうんと頷き、

「タフルワイリか。敵とは言えなかなか見事な戦いぶりだったぞ」

「ちっ！　皮肉か？」

思わず舌打ちが漏《も》れる。

お世辞にも程《ほど》があると思った。

自分はこの男に赤子の手をひねるように蹴散らされたのだから。

獅子《しし》と兎《うさぎ》どころではない。

もっと巨大な何かに造作もなく踏み潰《つぶ》されたのだ。

「あ～、そう捉えられても仕方ないんだが、本心だぜ？」

言いつつ、スオウユウトとやらはバツの悪そうな苦笑《くしょう》を浮かべる。

自分の事を心から同情しているようだった。

それほどまでに自分とは差があると思われているのだ！

「こっちの弓を受けてすぐに撤退したことといい、偽装《ぎそう》撤退してから誘い込もうとしたり、

「逆にこっちの偽装撤退にも即座に気づいたようだったしな。大したもんだ」

相手としては褒《ほ》めているつもりなのだろうが、タフルワイリとしてはもうあまりの悔しさに泣きたくなった。

こちらの動きを、心理を、手に取るように把握されている。

やはり手のひらの上で転がされていたのだと思い知らされた。

そんなタフルワイリの心を知ってか知らずか、スオウユウトがぽんっと彼の肩《かた》を叩《たた》き、

「まあ、うん、なんというか、運が悪かったな」

ACT 2

幼い頃から、アルベルティーナは「特別」だった。
彼女《かのじょ》に見えるものが、他の人には見えない。
他の人に見えているものが、自分には違って見える。
彼女に聞こえるものが、他の人には聞こえない。
聞こえない人の感覚が、わからない。
自分にとって当たり前すぎることが、他の人にとっては当たり前じゃない。
自分にとって明らかなことが、他の人にとっては明らかではない。
他の人にとって明らかなことが、自分にとっては明らかじゃない。
万事《ばんじ》が万事、そんな感じだった。
最初は他の人に合わせようと思った。
でも、無理だった。
だから彼女は考えることをやめた。

「ふあぁぁ、まったく今日も今日とて、見渡《みわた》す限り海ばかり、だな」

あくび交じりに船室から甲板《かんぱん》に出てきた勇斗《ゆうと》であるが、ははっと引き攣った笑みを浮かべる。

なかなかに壮大《そうだい》な光景ではあるのだが、《鋼《はがね》》の新たなる都タルシシュを出てはや一ヶ月。

さすがにすっかり見飽《みあ》きもしようものだった。

「いい加減そろそろのはずなんだがな」

現在、勇斗たち一行は、地中海を東へ東へと進んでいた。

目指すは二一世紀には中東と呼ばれるあたり。

当時の現地の言葉で言うところの「四方領域」である。

ターフルシーシュとの戦いで、支配領域は格段に拡大したが、さりとも先住民を虐殺《ぎゃくさつ》するわけにもいかない。

そもそもこの頃のヨーロッパは土壌があまり肥沃ではない。

一粒の種からどれだけの小麦を収穫できるか、というのを表したものを収穫倍率というのだが、現在の予想収穫倍率はわずか三～四倍である。

ノーフォーク農法で土壌改善していたこともあり、《狼《おおかみ》》や《角《つの》》では一〇倍を超えるほどになっていたし、古代オリエントに至っては実に三〇倍もあったというのにだ。

これでは到底、一〇〇万近いユグドラシルの民を養うことはできない。

ノーフォーク農法も、歴史の改変を考えるとあまり使うべきではない。

そこで勇斗は地中海貿易に活路を見出《みいだ》したのだ。

食べ物がないのなら、豊富な所から輸入すればいい、と。

今回はその視察――という体の慰安《いあん》旅行であった。

「お父さん、お父さん、街の匂いがするよー！」

「おっ、着いたか」

楽し気なアルベルティーナの声に、勇斗が振《ふ》り返る。

勇斗の視界には未《いま》だに大海原《おおうなばら》しか映らない。だが、《風を巻き起こすもの《フレースヴェルグ》》のエインヘリアルであるアルベルティーナの感覚は確かである。

彼女があると言うのなら、あるのだろう。

「やれやれ、ようやくこの牢獄《ろうごく》から解放されるんだな」

ん～っと伸《の》びをしながら勇斗は言う。

「へ？　牢獄？　自分の思うままに進めるのに？」

「それはアルが船長だからだろ。悪いが俺には狭《せま》っ苦《くる》しくて退屈《たいくつ》な、逃げ出すこともできない絶海の牢獄、だな」

苦笑とともに、勇斗は肩をすくめる。

すでに持ってきたゲームの類も、一ヶ月もしていれば飽《あ》きてしまう。

それに毎日ゆらゆら揺《ゆ》れる地面もやはり気持ち悪い。

とにかく陸が恋《こい》しい、というのが素直な心境だった。

「だったらお父さんも風の声に耳を傾《かたむ》けてみるといいよ。場所によって風って声色《こわいろ》を変えるんだよ？　ユグドラシルも、タルシシュも、このあたりも全然違うの！　面白《おもしろ》くない⁉」

「聞けたら面白いんだろうな。けど、俺には聞こえねえんだよ」

「ううっ、残念……。クリスもわかってくれないし、ヒルダもわかってくれないし……。楽しいのになぁ」

アルベルティーナがしょぼんとする。

可哀想《かわいそう》とは思うのだが、その二人にさえわからないことを自分に求めるのは無理がすぎるというものである。

だから代わりにこう言った。

「でも、風の声が聴《き》けるのは凄《すご》いことだぞ。こうして安全で高速な航行ができるのはそのおかげだしな！」

これはこれで、勇斗にとってはお世辞抜きのまごうことなき本音である。

海には台風や岩礁《がんしょう》、時化《しけ》など、危険がいっぱいなのだ。

今より三〇〇〇年後の大航海時代でさえ、海難事故の類は枚挙にいとまがなかった。

それをアルベルティーナは、ほぼ一〇〇％感知して回避《かいひ》できるのである。

しかも、風を適切に読むことで、アルベルティーナの操《あやつ》る帆船《はんせん》は、他の人間が操るそれより格段に速く疾ることもできる。

アルベルティーナ様様だった。

「え、えへへ」

勇斗のべた褒《ぼ》めに、後頭部を撫《な》でつつ嬉しそうにはにかむアルベルティーナ。

実は話を逸らされたことに気づいていない。

こういうところが妹と違ってちょろくてかわいい娘《むすめ》である。

「その調子でがんばってくれよな」

そっとアルベルティーナの頭を撫でた、その瞬間《しゅんかん》だった。

ぞくっ！

背筋を過去最大クラスの寒気が襲《おそ》う。

ステインソールやフヴェズルングと向き合った時でさえ、ここまでの圧を感じることはなかった。

勇斗の勘《かん》が、最大級の警報を鳴らしている。

慌《あわ》てて背後を振り返り――

「ひっ！」

勇斗は情けない悲鳴とともに後ろにのけぞってしまう。

完全に気圧されていたといっていい。

かの信長とさえ互角《ごかく》に応戦した彼《かれ》が、である。

そこにいたのは――

ぎんっっっっっっ!!

むくつけき海の漢たちであった。

日頃《ひごろ》力仕事に精を出しているからだろう、皆筋骨《みなきんこつ》隆々《りゅうりゅう》で人ひとりぐらいなら素手《すで》で捻《ひね》り殺せそうである。

そんな彼らがたむろして、勇斗を無言でじぃぃぃぃぃぃっと睨《にら》んでいた。

（こ、こえええええっ！）

その視線にこもる感情が、尋常《じんじょう》ではなかった。

立場だけで見れば彼らはただの水夫、下《した》っ端《ぱ》であり、神帝《テイウダンス》である勇斗とは立場が天と地ほども違う。

面と向かって文句を言ってくるわけでもない。掴《つか》みかかってくるなどもってのほかだ。

だが、だからこそヤバかった。

表だって何もできないからこそ、恨みは溜まる。

八つ当たり気味に捻《ね》じくれ、ひん曲がり、陰湿《いんしつ》に残虐《ざんぎゃく》になっていくものだ。

そういうこいつ暴発するともしれぬ狂気《きょうき》的な怖《こわ》さが、彼らの視線には確かにあった。

「あ、そ、そういえばフェリシアに用があるんだった」

そんなものはないが、嘘《うそ》も方便である。

いつの世も、熱狂的《ねっきょうてき》すぎる信者というものほど危険なものはない。

三十六計逃げるに如《し》かず、である。

「そんなところで何してんだよ、クリス」

船室に入ると、壁《かべ》に寄りかかったクリスティーナが手持《ても》ち無沙汰《ぶさた》な感じで突《つ》っ立っていた。

動く気配もない。

彼女はとにかく姉が大好きで、暇な時間があれば常に姉と一緒《いっしょ》にいる。

そういう人間のはずなのに、だ。

「まだ喧嘩《けんか》してるのか？」

「別に喧嘩なんかしていませんよ、最初から。ただ……」

言いつつ、クリスティーナはちらりと船室の窓から甲板を覗《のぞ》き見る。

勇斗も視線を向けると、そこには船員たちに囲まれ楽しそうに笑っているアルベルティーナの姿があった。

「邪魔《じゃま》しちゃ悪いなって思ってるだけですよ」

「ふ～ん」

とてもそんな殊勝《しゅしょう》なことを思っている人間の顔には見えず、勇斗はニヤニヤと笑う。

どうやらそれがカンに障《さわ》ったらしい。

「……なんですか？」

「べっつに～」

ジト目を向けられるも、勇斗はあえてすっとぼける。

いつもからかわれているのだ。

たまにはこういう時があってもいいだろう。

「ま、あんまスネんなよ」

「スネてないです」

クリスティーナがぷくっと小さく頬《ほお》を膨《ふく》らませて返す。

思わず勇斗は吹き出すしかない。

これでスネてないとは、無理がありすぎるだろう。

「……なにか？」

「いや、なんでもない」

とは言え、勇斗も命は惜《お》しい。

このメギツネをからかいすぎると後が怖い。

そろそろが撤退時だろうと、肩をすくめてスゴスゴと退散するのだった。

この辺りの見極《みきわ》めはさすが軍神だった。

アルヴァド――
地中海の東岸、二一世紀ではシリア沖と呼ばれる辺りに浮《う》かぶ島で、紀元前二〇〇〇年頃《ごろ》から貿易拠点《きょてん》として栄えていた街である。

現在、勇斗の推測通り紀元前一五〇〇年ごろだとすれば、四方領域にはヒッタイトミタンニ、アッシリア、バビロニア、エジプトなどの国々がひしめきあっていたはずである。

一応、前もって予習はしてきたが、なにせ三五〇〇年も昔のことである。

資料も乏《とぼ》しく、実際にどういう状況《じょうきょう》なのかはわかったものではない。

その点、このアルヴァドは、極めて小さいながらも、海という天然の要害に守られた独立国である。

下手に大国を刺激《しげき》することなく情報収集するにはまさにもってこいの場所だったのだ。

「フェリシア叔母様《おばさま》って、改めてやっぱり便利ですよね。お父様が重宝する理由がよくわかりますわ」

しみじみとクリスティーナは言う。

四方領域とユグドラシルでは当然、言語が違う。

言葉がわからねば意思疎通《そつう》のしようがないのだが、《交渉《こうしょう》》の呪歌《ガルドル》というそれを無理やりどうにかできるようにしてしまう裏技《うらわざ》を、フェリシアは使えるのだ。

他にも安心感を与《あた》える呪歌《ガルドル》やら、気分を昂揚《こうよう》させる呪歌《ガルドル》やらを、状況に合わせて使い分けることもできる。

おかげでまったくの未知の土地だというのに、情報収集がスムーズに進む進む。

本人はどれも効果は薄《うす》く中途半端《ちゅうとはんぱ》だと自嘲《じちょう》するが、これほど便利な力はないというのがクリスティーナの実感だった。

「ふふっ、お世辞でもクリスちゃんにそういってもらえて光栄ですわ」

「お世辞抜《ぬ》きで、うちの団に引き抜きたいです」

「ごめんなさい、わたくしはお兄様の専属なので」

「一年ぐらい貸してくれないか、真剣《しんけん》に交渉してみますかね」

それぐらい便利なのだ。

この地の情報を集めるには、言語を解する者を育てるところから始めねばならない。

それにはいったいどれだけの年数がかかることか。

それを解消できるというだけでも、値千金《あたいせんきん》であると言えた。

「そんなにいいものでもありませんよ。《交渉》の呪歌《ガルドル》には副作用もありますから」

「副作用、ですか？」

「ええ。言葉に込《こ》められた言霊《ことだま》が強くなりますからね。腹芸ができなくなります」

「なるほど、それは確かにめんどくさいです」

思ったことが顔や声に出やすい人間は、交渉には向かない。

それが相手に丸わかりでは、足元を見られるのが目に見えている。

なのに、ついている名称《めいしょう》は《交渉》。

実に皮肉がきいている。

まあ、ボーダン以前、まだ言語が統一されていないときの意思疎通用の呪歌《ガルドル》なのだろう。

「やはり地道に言語を学ばせるしかありませんか」

「ええ、そう思いますよ」

「なるほど、まあ、今日の所はこき使わせていただきます。お、丁度いいところに酒場が。あそこに行ってみましょう」

ピッとクリスティーナは前方にある店を指さす。

呪歌《ガルドル》でも文字までは読めないが、外に並べられた椅子《いす》には男たちがたむろして、土器を片手にどんちゃん騒《さわ》ぎしている。

場所が変わっても、酒場なんてものはどこも変わらないものだった。

「うぇい？」

「うぇいうぇい？」

「うぇーい！」

「うぇーい！」

「「「「うぇえええええいいいいいっ!!」」」」

近寄ってみると、なにやらよくわからない盛り上がり方をしていた。

酒場なんてそんなもの、と言ってしまえばそれまでなのだが、

「アル姉？」

なぜかその騒ぎの中心にいたのは、クリスティーナの姉のアルベルティーナである。

周囲には見覚えのある水夫たちの姿もあり、おそらくは港に到着《とうちゃく》したということで皆で呑《の》みにきたといったところか。

そこまではいいのだが、明らかに服装や雰囲気が違う現地人らしい人も大勢交じっている。

だが、喧嘩しているという様子もない。

「○×△◆?」

「あれ？　アタシの妹のクリスだよ！」

「×▽◇◆?」

「フェリシアさん。だめだよー。人妻！」

しかも、なごやかになにやら会話までしている。

すでに呪歌《ガルドル》の効果は切れており、クリスティーナには相手が何を言っているのかまるでわからない。

「アル姉、この人たちの話している言葉がわかるんです？」

「ん～、なんとなく。身振《みぶ》り手振《てぶ》りや雰囲気で」

「いや、身振り手振りや雰囲気でって……」

「まあ、細かいことはいいじゃん。みんなー、今日はアタシのおごりだー！　かんぱーい、うぇえええい！」

「「「「うぇえええええいぃぃぃっ！」」」」

アルベルティーナが酒がなみなみと注がれた土器を高々と掲《かか》げると、心得たようにその場にいた男たち皆が盃《さかずき》を掲げ、楽し気に声を張り上げる。

「◆▽▲×」

「○◆□▽？」

「あはははははっ！　なにー？　なんかよくわからないけどオーケーオーケー！」

やっぱり話が通じているようには思えない。

だが、きっちり意気投合している。

「クリス～、クリスも一緒にのも～」

「ワタシは仕事中なので」

「え～、クリスざるじゃーん。ちょっとぐらいよくない？」

「ワタシはアル姉と違って忙《いそが》しいのです」

「ううっ、お姉ちゃんだって最近は忙しいんだぞー。船だとクリスのほうが暇してたくせにー」

「……そうでしたね。じゃあ、アル姉は息抜《いきぬ》きしてればいいです。陸ではワタシは仕事がありますので」

冷ややかにそう言って、クリスティーナは踵《きびす》を返しその場を後にする。

自分でも、矛盾《むじゅん》しているのがわかった。

情報を集めるのが仕事なのに、その情報の宝庫とも言うべき酒場でろくに聞き込みもせずに立ち去る。

どう考えてもおかしい。

だが、今のアルベルティーナを見ていると、どうしてもムカムカが抑《おさ》えられない。

最初は、自分は陸、姉は海と仕事場所が分かれて会えていない時期が長かったせいかなと思っていた。

そのうちすぐに元通りになるだろう、とも。

だが、どれだけ時間を置いても、違和感《いわかん》が付きまとった。

姉に対して、怒《いか》りや不満を覚えることが増えた。

『こんなのワタシのアル姉じゃない！』

どうしてもそう強く感じてしまうのだ。

そしてイライラムカムカしてきて、ついつい強くつらく当たってしまう。

あるいは、耐《た》えられなくなって今回のように離《はな》れてしまう。

そんな日々がもう一年近く続いていた。


「そっか。またスルーされちゃったのか」

翌日、アルベルティーナから相談を受けた勇斗は、困ったように頭を掻《か》く。

船に関わるようになってから、アルベルティーナとクリスティーナの二人が離れて生活することが増えてしまった。

そのためかどうにも二人の関係がぎくしゃくしていることに、彼も気が付いていた。

だから今回の視察を体に、一緒の時間を増やせば、わだかまりも解けるのではないかと思っていたのだが、どうにも上手《うま》くいっていないようである。

「ううっ、アタシ、やっぱり何か嫌《きら》われるようなことをしたのかな？」

えぐえぐっと涙《なみだ》ぐみつつ、アルベルティーナが言う。

これまでも彼女は妹の様子に違和感を覚えつつも、気のせいだと思っていたらしい。

あるいはちょっとしたすれ違いで、この旅の間に仲直りできるだろう、とも。

ただ、昨日のクリスティーナの態度はあまりに露骨《ろこつ》すぎて、さすがの彼女もはっきりおかしいと気づいてしまったらしい。

「うあああああん、クリスに嫌われたらアタシ生きていけないよぉ！」

という感じで朝から号泣《ごうきゅう》しっぱなしである。

さすがに船長がこんな調子では出航するのも危険すぎる。

というわけで話を聞いているのだが、

「まったくあいつにも困ったもんだな」

がしがしっと勇斗は頭をかきむしる。

もう、そうとしか言いようがなかった。

はたから見ている側からすれば、この問題、悪いのはクリスティーナである。

それは明らかだ。

しかも原因は、馬鹿馬鹿しいの一言に尽《つ》きる。

「あいつはさ、お前が人気者になったことで、ただスネてんだよ」

そう。

言ってしまえばただそれだけの話であった。

犬も食わないとはこのことである。

本当に馬鹿馬鹿しくはあるのだが……

片や《鋼》《はがね》の命運を握《にぎ》る船団の提督《ていとく》。

片や《鋼》《はがね》の土台とも言うべき情報部の長。

神帝《テイウダンス》として、放置しておくわけにもいかなかったのだ。

特にクリスティーナのほうは、この弊害《へいがい》が仕事にもろに出てきてしまっている。

「う～、前にお父さんにそう言われたから、クリスが一番大事だよ～ってよく言ってるんだよぉ？」

「へえ、そうなのか」

「うん。でもなんかずっと不満そうなの」

「それはだから、自分だけのアルじゃなくて、みんなのアルになったからじゃないか？」

先日の船での一幕を思い出し、勇斗は苦笑いとともに返す。

実際、ああいうアルベルティーナの取り巻きが、今や国には相当数いる。

とにかく大人気で、アルベルティーナが新都タルシシュに戻《もど》ると、もうあちこちの団体から引っ張りだこの大忙《おおいそが》しなのだ。

「？？？　それっていいことじゃない？」

キラキラした曇《くも》りのない笑顔《えがお》で、そんなことを言う。

まったく良い子だと思う。

「そうだな、確かにその通りではあるんだけどなぁ」

「アルちゃんみたいな子には、とてもわかりづらい感情ではあるかもですね」

フェリシアがなんとも苦々しい顔で話に加わる。

「わたくしにはクリスの気持ちが、ちょっとわかりますわ」

「ほんと⁉」

アルベルティーナが食いつく。

フェリシアは頷《うなず》き、

「人に認められ、受け入れられ、世界が広がっていく。それはアルちゃんの言う通り、とても素晴《すば》らしいことだと思います。その人のためになることであり、喜ばしいことだ、と」

「だよね」

「でも、逆に思いもするのです」

「逆？」

「ええ。誰にも認められず、受け入れられず、世界が狭いままならば、その人を独占《どくせん》できるのではないか、と。他の者に見捨てられて相手にされなくなれば、その人は自分だけを信じ、愛し、頼《たよ》ってくれるんじゃないか、と」

「えええええええっ⁉」

心底驚《おどろ》いたように、アルベルティーナが悲鳴じみた声をあげる。

彼女のように根の明るい人間は、それこそそんなこと、考えたこともなかったのだろう。

勇斗も基本的にはアルベルティーナよりの価値観で、体感的にはまるでピンとこないのだが、宗主《パトリアーク》として人と触《ふ》れ合う中で、そういう人間が多数いるということは認識《にんしき》している。

だがアルベルティーナは、そんな人間がいるということすら、認識していなかったのかもしれない。

「間違《まちが》った、歪《ゆが》んだ考えだと思いますけどね。そもそも相手の幸せではなく、自分のことしか考えていないんですから」

自嘲するように、フェリシアは小さく肩をすくめる。

確かに人によっては、先程《さきほど》のアルベルティーナのように、どん引く類のものではある。

だが一方で、誰かを、特に愛する人ほど独占したいと思うのは、人として自然な事ともいえる。

「ん～、つまり、アタシが提督やめて前のアタシに戻れば、クリスは元に戻るの？」

首を傾《かし》げつつ、自信なさげに問うアルベルティーナ。

そう、それはこの問題の核心《かくしん》とも言えた。

ふ～っと勇斗は嘆息《たんそく》する。

「おそらく、な。だがそれは健全とは思わないし、なにより《鋼《はがね》》の神帝《テイウダンス》として許すわけにもいかない」

「だよね」

「とは言え、今はそういうの抜きにしていい」

「ええっ⁉」

「神帝《テイウダンス》としてこんなことを言うのは失格だけどな。大事なのはアル、お前の気持ちだよ」

トントンっと自分の胸を突きつつ、勇斗はニカッと笑う。

「アタシの気持ち？」

「ああ、お前がどうしたいか、だ。提督を続けたいのか、続けたくないのか？」

「続けたいよ！」

間髪《かんはつ》入れずの即答《そくとう》である。

予想していた通りの答えでもある。

「でも、それでクリスと喧嘩するのも嫌《いや》だよ……」

しょぼんと肩を落とすアルベルティーナ。

あちらを立てればこちらが立たず。

まったく難しい問題だった。

「なんでなのかな。アタシはクリスの自慢《じまん》のお姉ちゃんになりたかっただけなのに……」

悲しそうに、ボソリとつぶやく。

いつものひまわりのような笑顔が、しおれてしまっている。

見ているだけで、こっちも可哀想になってくる。

彼女は決して悪くないだけに。

彼女はただ前へと進んだだけだというのに。

「そういや、船に乗ることを選んだ時も、そういうこと言ってたな」

ふっと当時のことを思い出して、勇斗は問う。

あれは確か、大型帆船ノアが完成して、その視察に行って、イングリットが「この子を貸してくれよ」と言った時だ。

同じ言葉を繰《く》り返すということは、彼女にとってはこれはとても大事なことなのかもしれないと思ったのだ。

「うん、だってアタシは、前のままのアタシじゃ、クリスの足枷《あしかせ》でしかないから」

「……ンなこと、あいつは欠片《かけら》も思っちゃいないと思うぞ」

「それはもちろんわかってる。クリスは優《やさ》しいから。だからこそ、そうなっちゃうんだよ」

タハハっとアルベルティーナが力なく笑う。

困ったように。

悲しそうに。

「これまでずっと、そうだったから」


アルベルティーナとクリスティーナは、当たり前の話ではあるが、それこそ生まれた時からずっと一緒にいた。

同じ顔、同じ年、同じ背格好をしたもう一人の自分。

何をするにも一緒。

風の声が聞こえるのも一緒。

だからあの子がアタシで、アタシもあの子。

そんな風に一体感を強く感じていたことを、アルベルティーナはよく覚えている。

「でも、父さんが家庭教師をつけた頃《ころ》からかな。差がつきだしちゃった」

クリスティーナは砂地が水を吸《す》い込むようにあっという間に知識を吸収し、家庭教師をタジタジにしてしまうほどに優秀《ゆうしゅう》だったのに対し。

アルベルティーナは逆に、書物を読むどころか、文字すらまったくと言っていいほど覚えられなかったのだ。

「まったく、か。それもまた不思議ではあるな」

アルベルティーナは確かに自他ともに認めるアホの子ではあるが、実のところ物覚えはそこまで悪くはない。

むしろいい方だ。

戦場へ偵察《ていさつ》に出した時は、その時の状況を克明《こくめい》に記憶《きおく》しているし、船の航路の情報なども、細かく覚えている。

そんな人間がまったく文字を覚えられないというのも、少し違和感があった。

「誰《だれ》に言っても信じてもらえないんだけどね。文字がいっぱいブレブレに重なって見えちゃうんだ。だからいまいち文字の形がわからなくて……」

「ブレブレに重なる？　乱視か？　もしかして他のものもダブって見えたりするのか？」

「ううん、文字だけ」

「となると、読字障害《ディスレクシア》かな」

「ディス……?」

「ああ、いや、何らかの理由で文字を読むのが難しいことをそう呼ぶんだ」

聞きなれない単語に眉《まゆ》をひそめるアルベルティーナに、勇斗は優しく返す。

文字がダブって見える以外にも、様々な症状《しょうじょう》があるが、欧米《おうべい》では一〇～二〇％の人間がこれに当たるという説もある。

「へえ、そうなんだぁ、じゃあ多分それなんだろうね」

どこか他人事のように、あっけらかんとアルベルティーナは言う。

「ま、多分な。俺《おれ》は医者じゃないからよくわからないけど」

「ふふっ、なんでもいいよ、信じてくれれば、それだけで」

「……そっか」

そんなどこか達観したような彼女の言葉に、勇斗は少しせつなさを覚える。

確かに、他のものはきっちり普通《ふつう》に見えているのに、文字だけがダブって見えるなど、そうそう信じてもらえなさそうだった。

人によっては甘《あま》えや言い訳だととらえ、不快に感じる人さえいるかもしれない。

いや、彼女の言い回しから察するに、きっとそういう人ばかりだったような気がする。

本人はいたって真剣なのに、だ。

なんともかわいそうな話だった。

「でもさ、クリスに置いていかれるのは嫌だから、アタシたちはいつも一緒、同じじゃないといけないから、一生懸命頑張《いっしょうけんめいがんば》ったんだよ」

「そうか、本当に頑張ったんだろうな」

こんなことで嘘を言う子ではない。

根が素直《すなお》な良い子のアルベルティーナのことだ。この子が一生懸命頑張ったというのなら、それはもう必死にがむしゃらにやったのだろう。

だが、そこで寂《さび》しそうに力なく笑う。

「でも頑張れば頑張るほど、文字がブレブレになって読めなくなってくの」

「それは……つらいな」

おそらくは、ストレスで症状が悪化したのだろう。

こういうのは一概《いちがい》には言えないものではあるのだが、そういうケースもあると聞く。

元々、天真爛漫《てんしんらんまん》で自由人な彼女《かのじょ》だ。

机にかじりついて必死に勉強するということと、致命的《ちめいてき》なまでに相性《あいしょう》が悪かったのかもしれない。

「そうしているうちにどんどんクリスはすごくなっていってね、アタシはできないままで、そのうち聞こえてくるんだ。双子《ふたご》の賢《かしこ》いほう、双子の馬鹿なほう、って」

「………」

義憤《ぎふん》を覚え、グッと勇斗は唇《くちびる》を噛《か》み締《し》める。

文字が読めないだけで、それが何だと言うのか。

それを補ってあまりあるほどのものを、彼女はいっぱい持っているではないか。

「で、アタシ、なんかその時、ふと思っちゃったんだ。あ、馬鹿のほうがいいやって」

「は?」

意味がわからず、勇斗の口からは間の抜けた声が漏《も》れる。

「クリスは凄いんだよ。ほんと凄いんだ」

「ああ、それは俺もわかってるよ。あいつほど頭のキレるやつはそうはいない」

「うん、でしょでしょ!」

それはもう嬉しそうに、誇《ほこ》らしげに、アルベルティーナは頷く。

多少のコンプレックスを感じてはいても、やはり妹のことが大大大好きなのがこれでもかと伝わってきた。

「絶対、絶対、父さんの跡を継《つ》いで、この子が《爪《つめ》》の宗主になるんだって思ってた」

「まあ、その見立ては間違いないな」

《鋼《はがね》》の大宗主《レギンアーク》として、《爪》の主要人物はある程度把握《ていどはあく》しているが、クリスティーナ以上の器の者は一人としていなかった。

政治能力、情報能力、謀略《ぼうりやく》能力、人心掌握《しょうあく》能力。

どれ一つとっても、彼女が圧倒的《あっとうてき》に突出《とっしゅつ》している。

他の者では相手にすらなるまい。

「だからアタシは馬鹿でいようかなって」

「……すまん、話が飛び過ぎて意味がわからん」

時々、アルベルティーナの言葉は要領を得ない。

だが、アルベルティーナの言葉を安易に否定する気もなかった。

彼女は理屈《りくつ》ではなく感性で生きる人間だ。

そして彼女ぐらいに振《ふ》り切れた人間の感性は、人の小賢《こざか》しい知恵《ちえ》を凌駕《りょうが》する時があることを、勇斗は身をもって知っている。

それこそ彼女の言うところの『風の声』のように。

「んー、一応ほら、お姉ちゃんのほうが偉《えら》いじゃん。でもアタシがどうしようもない馬鹿だったら、クリスの方が偉くなるでしょ」

「っ！」

アルベルティーナはあっけらかんと言ったのだが、思わず勇斗は目を剥《む》く。

やはりこういうタイプの人間の勘は侮《あなど》れないな、と思う。

ユグドラシルは実力主義といっても、先代との縁故《えんこ》には一定の力がある。

女である以上、先代の息女を妻にするということは、跡継《あとつ》ぎとしての立場を強める効果もあるだろう。

双子のどちらを妻《つま》にしたかでも、やはり序列の差が自然と生まれもするだろう。

本人が望むと望まざるとにかかわらず、どうしても政治の世界から離れられない。

双子がともに優秀であったなら、やはり氏族が割れかねない。

父になった今だからこそわかる。

それが宗主、ひいては王の娘というものだった。

「あえて馬鹿になることで、宗主をクリスに譲《ゆず》ったの、か？」

「あはは、気が付いたら、本当の馬鹿になってたけどね」

「……お前は馬鹿じゃねえよ。むしろ天才だなって思った」

「あはは、それは持ち上げすぎかな」

アルベルティーナは冗談《じょうだん》と受け取ったようだが、まったくの本心である。

天才は凡人《ぼんじん》が理論を組み立てたどり着いたところに直観だけで到達《とうたつ》するという。

まさにそれだと思った。

おそらく事細かに説明はできないのだろう。

本人も「頭」ではよく理解できていないと思う。

ただそうなるということが、なんとなくわかる。

そういう人間なのだ。

「でもね、時々、考えちゃうんだ。なんで自分はここにいるのかな、って。馬鹿になればクリスの邪魔にならないのに、馬鹿だとやっぱりクリスに迷惑《めいわく》をかけちゃう。なんでアタシはいるのかなぁって」

「何度も言うぞ。あいつはお前を邪魔だとか迷惑だとか、砂粒《すなつぶ》ほども思ってねぇよ！」

力強く断言する。

これはもう確信をもって言えることだった。

あんなにお姉ちゃん大好きな妹も、なかなかいないんだから。

「あはは、そうだね、そう思う。だからすぐ考えないようにしてた」

うんっと頷く。

さすがに生まれた時から一緒にいる双子だ。

相手が自分を好いていることぐらいは、十分わかっているのだろう。

「でもやっぱり、クリスの足を引っ張りたくなかったからさ。お父さんのところに行くことにしたの」

「俺の？」

「うん、アタシが《爪》から離れれば、クリスも足枷がなくなって、高く飛び立てるかなって。なのにアタシだけじゃ心配って結局付いてきちゃうしさ。まあ、アタシが頼りないのはわかるけど……」

唇を尖《とが》らせいじけるアルベルティーナ。

思わずこれには苦笑《くしょう》せざるを得ない。

多分きっと、アルベルティーナが頼りないから付いてきたわけでは絶対ない。

賭《か》けてもいい。

クリスティーナとしては、姉がそばからいなくなることが嫌で嫌で仕方なかっただけだろう。

「でも、《狼《おおかみ》》に来てからも、あの子はアタシの面倒《めんどう》ばっかり見て。ほら、序列だって、アタシは何もしてないのに、クリスと一緒だったし」

「あー……」

そういえばと勇斗も思い出す。

《鋼《はがね》》発足《ほっそく》時の序列は、クリスティーナとアルベルティーナは同列の一〇位。

しかし、確かにアルベルティーナの言う通り、あの時点での彼女は、どう贔屓目《ひいきめ》でみてもクリスティーナほどの功績をあげていない。

「クリスが多分、お父さんに何か無理を言ったんだよね」

「まあ、そうだな」

アルベルティーナと一緒《いっしょ》じゃないと、昇格《しょうかく》を受け入れないとか駄々《だだ》をこねられたのである。

当時の勇斗にとっても、クリスティーナの情報力は生命線であり、少々異例だとは思ったが呑まざるを得なかったのだ。

「やっぱり。じゃあ、アタシを引き上げなければ、多分、もっと序列は上だったよね？」

「そういうわけでもないんだが、ああ、まあ、その後の昇格はしやすかったかもな」

クリスティーナは風の妖精団《ヴィンダールヴス》の設立など、《鋼《はがね》》になってからも常に勇斗の片腕《かたうで》として功績を上げ続けたが、序列はそのままだった。

アルベルティーナの昇格で無理をした分、その後の昇格は他の者への配慮《はいりょ》もあり控えていたというのは、確かにあったのだ。

そしてそれは、クリスティーナも納得《なっとく》していたことである。

だが、アルベルティーナの立場に立ってみれば、それは妹の七光りみたいで、あまり気持ちのいいものではなかったのだろう。

あっけらかんとした彼女なら、そういうことを気にしないだろうなんて思っていた自分は浅はかというしかない。

「実際、宮殿《きゅうでん》の人たちもそういうことを言ってた。アタシなんかいないほうが、クリスは昇格できたって。《爪》の宗主にすんなり決まってたって」

「ああ、そういやそんなことを言ってたな。《剣《つるぎ》》との戦い辺りだったか」

そうやって執務室《しつむしつ》に駆《か》け込んできたことがあったことを、よく覚えている。

今思えば、不思議ではあったのだ。

普段《ふだん》あっけらかんとしている彼女が、あれだけ泣きべそをかいていることが。

今ならわかる。

それが妹想《おも》いの彼女にとって、一番の地雷《じらい》だったのだ。

「だから、その時思ったの。アタシはクリスがもう面倒見《めんどうみ》なくても大丈夫《だいじょうぶ》って思える、自慢のお姉ちゃんにならなくちゃって！」

グッと拳《こぶし》を握り、アルベルティーナは言う。

最初の馬鹿にならなくちゃ、という言葉とは一見、矛盾するが、すでに《爪》は《鋼《はがね》》

に取り込まれ、領土も広大になっている。

そしてクリスティーナはその重鎮《じゅうちん》だ。

もうそういう《爪》などというスケールではなくなっていたことを、アルベルティーナも天性の嗅覚《きゅうかく》で感じ取っていたのだろう。

「でもさ、アタシやっぱり馬鹿だからさ。いざ頑張ろうって思っても、何もできなくて」

またしゅんっと悲しそうな顔になるも、すぐにパッと表情がはなやぐ。

次に彼女が何を話すのか、容易に想像ができた。

「そんな時にノアに出会ったの！」

それはもう運命の出会いとでも言いたげな熱のこもりようである。

「それからはとんとん拍子《びょうし》で、お父さんの役にも立てて、皆《みな》を救う手助けもできて」

「手助けどころか、決め手だったよ」

移民計画の一番の立役者が誰かと問われれば、リネーアやヨルゲンの名が挙がりやすいが、勇斗としては断然アルベルティーナを推す。

正直、彼女がいなければ、船団は嵐《あらし》か大波に呑まれて海の藻屑《もくず》となっていた可能性が極《きわ》めて高い。

船はあっても、遠洋航海をする技術は、ほとんどゼロで手探《てさぐ》り状態。勇斗もそれはさすがに教えようがなかったのだ。

彼女の神がかり的な能力が、そんな拙《つたな》い技術を補ったのだ。

アルベルティーナこそ、勇斗にとっては最強にして最大の救いの女神《めがみ》だったのである。

「もうお前は十分、名実ともに皆に誇れる自慢のお姉ちゃんだと思うぞ」

正直言って、アルベルティーナがいなければ、《鋼《はがね》》はどうなっていたかと不安になるぐらいである。

移民計画もどこかで嵐か大波に遭遇《そうぐう》して破綻《はたん》していたかもしれないし、今回の交易計画にしたところで、彼女の力を大いに当てにしたものだ。

もはや《鋼《はがね》》は彼女の力なしには立ち行かないと言っても過言ではないだろう。

それだけの存在に、彼女はなったのだ。

「うん、アタシもそう思ってたんだけどな……」

再びその表情が陰《かげ》る。

「アタシ馬鹿だから、やっぱり何か間違えてたのかな」

「ンなことはないって。お前は間違ってない」

勇斗はきっぱりと言い切る。

お互《たが》いを思い合ってはいるのだが、致命的にすれ違《ちが》っている。

片方は外へ外へと広がっていこうとし、片方は内へ内へと閉じていこうとする。

だが後者は気持ちとしては理解はできても、やはり間違っているのだ。

そこには未来がないのだから。


「話聞いてくれてありがと！　ずいぶん楽になった！」

「おう。またなんかあったら気軽に話に来い」

「うん！」

笑顔で船室を出て、甲板《かんぱん》へと駆けていく。

心のわだかまりの全てを解きほぐせたとは思わないが、多少は元気を取り戻してくれたようでなによりである。

それより問題なのは――

「おい、クリス。どっかで聞いてるんだろ？」

ある種の確信をもって勇斗が呼び掛《か》けると、

「よく気付きましたね。アル姉も気づいていなかったのに」

堂々と船室のドアを開けて、クリスティーナが入ってくる。

予想通り、聞き耳を立てていたらしい。

しかし、勇斗も双紋《そうもん》の能力で気配を察知する能力が高く、フェリシアも一流の武人である。

その二人に気づかれず、こんなにそばにいるあたりが、さすがと言えた。

「むしろお前に聞かせるつもりだったからな」

ふんっと勇斗は鼻を鳴らす。

正直、この二人を仲直りさせるためには、もう腹を割って話をさせる以外にないと思ったのだ。

とは言え、ひねくれたクリスティーナが素直に応じるとは思えない。

そこで前日にフェリシアから報告を受けていた勇斗は、アルベルティーナだけを呼び出せば、クリスティーナもどこかで聞こうとするはず、と算段したのだ。

「まんまとお父様の策にハマりおびき出された、というわけですか」

「普段のお前なら、こんな安易な罠《わな》にほいほい引っかかることはなかったと思うぜ」

「…………」

「冷静さを欠きすぎなんだよ。それじゃあ情報部の長は務まらねえぞ」

「むぅ」

さすがに反論のしようがないのか、クリスティーナは唇を尖らせて唸《うな》る。

いつも生意気な彼女を黙《だま》らせられたのはちょっと痛快ではあるが、一方で不服でもある。

こんな本調子でない彼女では、歯応えがなさすぎる。

「で、どうだった？　アルの気持ちを聞いて」

「…………やっぱりアル姉はダメダメです。馬鹿です。見当違《けんとうちが》いもいいところです」

「クリス！　さすがにそれは……っ！」

あしざまに切り捨てるクリスティーナにフェリシアが叱責《しっせき》の声を上げるも、勇斗はそれを手で制す。

彼女は根っからのひねくれ者なのだ。

言葉だけを見ては、彼女の真実にはたどり着けない。

「地位とか称賛《しょうさん》とか、誰がそんなもの欲《ほ》しいと言ったんですか。全然ワタシの事をわかっていません。姉失格です。膝詰《ひざづ》めで説教です」

ぼろくそな言葉だが、その声はわずかに震《ふる》えていた。

やはり素直じゃない。

だが、それを汲《く》んでやるのも、親たる者の度量というものだろう。

「そうだな。説教してやるといい。お前らにはちゃんと話し合う時間が必要だ」

「そう、みたいですね。行ってきます」

素直に頷いて、船室を出ていく。

彼女にとってもどうやら、アルの告白は、この程度《ていど》の言い訳で意地を捨てるぐらいには衝撃《しょうげき》だったらしい。

だが、互いを心から思い合ってることは確かなのだ。

きっと仲直りできることだろう。

「それにしても、意外でした。一見クリスちゃんのほうがお姉ちゃんっぽいのに、やっぱりお姉ちゃんはアルちゃんなんですねぇ」

クリスティーナが立ち去ってしばらくしてから、ほうっと嘆息しつつフェリシアがつぶやく。

まったくその通りだと思った。

「お父さん、お父さーん！」

「ごふっ！」

翌朝、船室で勇斗が惰眠《だみん》をむさぼっていると、アルベルティーナがダイブしてくる。

完全に意識のない状態だっただけに、衝撃がすさまじい。

いつもなら文句を言うところだったのだが、

「聞いて聞いて！　昨日、一晩中クリスといっぱいお話ししてね、仲直りできたの！」

その満面の笑《え》みを見ていると、まあいいかって気分になる。

やはりアルベルティーナは、こういう顔をしているのが一番似合うのだ。

戻ってくれたのなら、なによりである。

「全部お父さんのおかげだよ！」

「いや、別に俺は何もしてねえよ」

「ううん、クリスが言ってたよ。お父さんにハメられたって」

「ハメって、ひでえ言いぐさだな」

「本当の事でしょう？」

扉《とびら》に背中を預け、クリスティーナがしれっと言う。

「それに隠《かく》しておくのも、フェアじゃないですしね」

「妙《みょう》なところで律儀《りちぎ》だよな、お前。まあ、仲直りできたみたいでよかったよ」

交易の視察もだいたい済み、うまくいきそうな手応えもある。

これで万事《ばんじ》解決、一件落着、めでたしめでたしである。

「うん、ありがとう。お父さん、大好き！」

ちゅっ。

「へ？」

「あーーーっ！」

勇斗の口から間の抜けた声が、クリスティーナの口からは驚きの声が上がる。

一瞬《いっしゅん》でよくわからなかったが、今、軽くだけどアルベルティーナの唇が触れたような？

「お父様？　ちょぉぉぉっとお話が」

わなわなと震えながら、クリスティーナが笑顔で近づいてくる。

怖《こわ》い、マジで怖い。

俺は今日ここで死ぬかもしれん。

本気でそう思った。

「待て！　今のは俺は悪くないだろう⁉」

姉妹《しまい》の仲直りなどただの前哨戦《ぜんしょうせん》。

彼《かれ》の命を懸《か》けた本当の戦いはここからだった。

ACT3

「……なんてこった……っ！」

自らの工房《こうぼう》で、イングリットはある驚愕《きょうがく》の事実にわなわなと打ち震えていた。

彼女が新天地に居を構えてから、はや一年が経《た》とうとしていた。

その間、勇斗《ゆうと》との間に何か進展があったかといえば……

何もなかった！

本当に何も、これっぽっちもなかった！

そうこの一年、キスはおろか手さえ握《にぎ》っていないのだ!!

「みんなもう子供産んでるのに！　フェリシアなんて二人目まで懐妊《かいにん》してるのに！」

にもかかわらず、自分はまだ一度も勇斗とそういうことをしていないのである！

仕方なくはあったのだ。

勇斗がこの新都タルシシュに移ってきて早々、ターフルシーシュとの戦いが勃発《ぼっぱつ》、八ヵ月もの間遠征《えんせい》し、ようやく帰ってきたと思ったら、四方領域の視察へ向かってしまった。

物理的に接触《せっしょく》する機会がほぼなかったのだ。

とは言えもちろん、まったく何もなかったわけでもない。

勇斗も忙《いそが》しい中、時間を割《さ》いて、会いに来てくれたりしたのだ。

正直、めちゃくちゃ嬉《うれ》しかった。

ただその少ないチャンスを、

『いやいやいや！　べ、別にあたしはそんなつもりじゃ！』

『ど、どどどど、どうってことないよ！』

『あんだとぉっ！　もう勇斗なんて知らねえ！』

などといった具合に照れまくったり、緊張《きんちょう》しすぎたり、意地を張ったりして、イングリットが自らぶち壊《こわ》してしまった感は否《いな》めない。

冷静になってからすごく後悔《こうかい》したが、時間は巻き戻《もど》らない。

「ま、まあ、こ、こういうものは、あんまりせっついたり、焦《あせ》ってやるものでもないよな。そういうのは雰囲気《ふんいき》大事だし！」

とりあえずそう言い聞かせる。

お互いの想いを確かめあったし、そのうち、そういう良い雰囲気になることもこれからあるだろう。

男まさりとは言え、自分は女の子なのだ。

やはり初めては特別であり、最高の思い出にしたいところだった。

「さぁて、仕事仕事」

面倒くさいことばかり考えていると、気分が悪い。

こういう時は、物を作るに限る。

集中していれば、嫌なことは全て忘れられるし。

「さぁて、今日の予定は……」

注文書を手に取ったその時だった。

コンコンっと扉をノックする音が響《ひび》く。

「失礼。イングリット殿《どの》。折り入って頼《たの》みたいことがあるのだが」

そう言って入室してきたのは、なんとも意外な人物だった。

ぱちくりと目を瞬《またた》かせつつ、イングリットはその人物の名を呼ぶ。

「え？　ファグラヴェールさん？」

そう、そこにいたのは、《剣《つるぎ》》の宗主《パトリアーク》であった。

彼女がイングリットの工房を訪《おとず》れるのは、初めてのことである。

硬質《こうしつ》な凛《りん》とした顔つきやスレンダーな身体つきからか、どこか中性的な印象がある。

とは言え、ディティールを捉《とら》える能力が高いイングリットには、彼女の骨格が女性であることが一目でわかった。

……以前見た時より若干《じゃっかん》ふっくらしているか？

まあ、女性にそれを言うのは失礼というものだろう。

「何か御用《ごよう》ですか？」

「ああ、うむ。護《まも》り刀を打ってもらいたくてな」

「はあ、護り……ってことはご懐妊されたんですか？」

「ま、まあな」

少し照れくさそうに、ファグラヴェールははにかむ。

そういう表情をしていると、しっかり女性らしく映る。

「へえ、おめでとうございます。お相手は誰なんです？」

そもそも結婚《けっこん》していたのかと内心でちょっと驚《おどろ》きつつ、世間話の体で問うイングリット。

こんな才女の心を射止めるとはいったい誰だろう？　純粋《じゅんすい》に興味があった。

ハウグスポリあたりだろうか？

年齢的《ねんれいてき》に釣《つ》り合いもとれるし、などとのほほんと考えていたのだが、

「その……御館様《おやかたさま》だ」

「……へ？」

予想外の返答に、イングリットは目が点になる。

御館様？　つまり、ファグラヴェールの親分？

そんな人間は《鋼《はがね》》に一人しかいない。

「ま、まさかユウトォっ⁉」

「う、うむ。御尊名《ごそんめい》を口にするのははばかられるが、そうだ」

「そ、そうですか……」

よろめきつつ、なんとかそう返すのが精一杯《せいいっぱい》だった。

青天《せいてん》の霹靂《へきれき》もいいところであった。

ファグラヴェールと勇斗が知り合ったのは、確か二年前ぐらいだったはずだ。

自分はもうかれこれ六年の付き合いだというのに！

男女の仲は時間じゃないとわかってはいるが、いざ実際に自分より何年も後に知り合った人間にまでいつの間にか抜かれてしまっていただと？

ようやく自分がのんびりしすぎていたことに、イングリットは気づく。

このままうかうかしていたら、アルベルティーナやクリスティーナ、エフィーリアにも抜かれてしまうのでは⁉

いや最悪、このまま機を逸《いっ》し続ければ、縁《えん》がなかった、なんてことにもなるのでは⁉

なんといっても勇斗のそばには、見目麗《うるわ》しい女性がたくさんいるのだ。

そして王である勇斗のそばには、これからも続々と若い子が現れることだろう。

そうなれば、自分は……

(な、なんとかしなくては！)

いよいよ尻《しり》に火が点《つ》き、ごおおおっと決意に燃えるイングリットであった。


「助けて、フェリシアさぁぁぁぁん！」

某少年《ぼうしょうねん》が某猫型《ねこがた》ロボットにすがりつくように、イングリットが駆けこんだのは、想い人の副官のもとであった。

すでに日も落ち仕事も終え、自分の部屋に戻っているはずである。

疲《つか》れているところ申し訳ないが、こっちは危急なのだ。

「あれ？　イングリット？」

そこでは先客がお茶していた。

勇斗の正妃の美月《みつき》である。

　この二人は同じ夫を持ちながら仲がいいと評判であり、彼女がフェリシアの部屋にいるのも不思議なことではない。

「何か事故でもあったのですか？　そんなに血相を変えて」

　部屋の主が少し驚いたように問うてくる。

　金色の髪《かみ》が流れ、そんな所作一つをとっても色気があるのだから羨《うらや》ましい。

　勇斗の妻たちの中で唯一《ゆいいつ》、二人目を懐妊しているし、この色気が勇斗の心を掴《つか》んで離《はな》さないのだろうか？

「い、いや、別に事故じゃない。その、あくまで個人的なことで相談があって……」

　言いつつ、イングリットはうつむき、人差し指をツンツンする。

　勢い勇んで来たものの、いざとなるとこっぱずかしく口にするのに勇気がいる。

「え～っと、あたし、席を外そうか？」

　美月が空気を読んでそう言ってくれるが、イングリットは首を振る。

　むしろ好都合だと思った。

　美月は勇斗の幼馴染《おさななじみ》であり、フェリシアとは違う意味で彼を最もよく知る人間である。

　恥《はじ》を晒《さら》すなら、一度で済ませてしまうのが手っ取り早い。

「いや、いい。ミツキもいてくれ」

首を振り、親しげな口調で返す。

勇斗と同じでざっくばらんに話してくれる方が嬉しいとのことなので、開き直ってそうしている。

最初の頃《ころ》はさすがにけっこう抵抗《ていこう》したのだが、元々イングリット自身、丁寧《ていねい》な言葉遣《ことばづか》いが苦手なこともあり、気が付けばこうなっていた。

「実はよ……」

覚悟《かくご》を決めて、イングリットはこれまでのいきさつを話していく。

全てを聞き終えた二人の反応は実に対照的だった。

「やはりまだだったのですか。お二人を見ていて、なんとなくそんな気はしていましたが」

フェリシアが頬《ほお》に手を当て、はあっと嘆息《たんそく》すれば、

「ええっ⁉　フェリシアわかってたの⁉　あたし全然気づかなかった」

美月は驚きを露《あら》わにする。

この辺り、フェリシアが勇斗の副官兼護衛《けん》として、よく人を観察しているというのもあるのだろう。

「それでさっきさ、ファグラヴェールさんから懐妊したって聞いて、あたし、焦っちゃって」

「ああ、そういえばファグラヴェールから、似たような相談をされたなぁ、あたし。一年ほど前にだけど」

人差し指を唇にあて、思い出したように美月が言う。

「い、一年⁉」

思わず声を荒《あら》らげる。

さすがに自らの出遅《でおく》れを改めて実感する数字であった。

「うん、リーファの最期《さいご》の願いを叶《かな》えたいって。それはもう切実に」

「リーファ様の？」

「うん。子を産んで育てろって。出来れば勇くんの子を、って」

「……そんなことが……」

今は亡《な》き勇斗の妻シグルドリーファとファグラヴェールが乳兄弟《ちきょうだい》の関係にあることはイングリットも聞き及《およ》んでいる。

主従を超《こ》えた血よりも深い関係とまで言われる存在だ。

実際、ユグドラシルでは妻が亡くなった時に、後妻として妹が嫁《とつ》ぐことも少なくない。

そうおかしいことでもなかった。

「あたしとしては、別に勇くんに限定せずに、ファグラヴェールが本当に好きなひとと結ばれて、子を儲《もう》けたほうがいい。そうしたほうがリーファもきっと喜ぶって言ったんだけどね」

美月は両手のひらを上げて、やれやれと首を振る。

(んん？)

きっと、という言い回しに、イングリットは少しだけ違和感《いわかん》を覚える。

勇斗や美月の世界では、二人の気持ちが結婚を決める上で最も大事であると聞いてはいるが、ユグドラシルではもちろんそうではない。

下層民ならばともかく、上流階級ともなれば、『家』の都合が優先されるのが当、た、り、前だった。

にもかかわらず、どうしてここまで断言できるのだろう？

「でも、どうしてもリーファの願いを叶えたいの一点張りで。そこまで想われて悪い気もしなかったというか」

「悪い気？」

「あ、ああ、ごめんごめん。こっちの話こっちの話」

いかにもしまったという顔で、ひらひらと焦ったように手を振る。

シグルドリーファと美月は、幼馴染の勇斗も驚くほどに瓜二《うりふた》つの容姿だった。

美月としては姉妹のような親近感を覚えていたのかもしれない。

「ま、まあ、ファグラヴェールとしても、狂《くる》おしいほどではないにしろ、勇くんのことが好きではあったみたいだし、なら応援《おうえん》してあげようかなって」

「相変わらず海のように心が広いっすねぇ」

尊敬を覚えつつも、半ば呆《あき》れも混ざった声でイングリットは言う。

少なくとも自分には無理だと思う。

勇斗が他の女の子とするのは、仕方がない事と諦《あきら》めてはいるが、積極的に他の子とくっ付けたいとは絶対に思わない。

たとえそれがどんなに仲のいい友達でも、だ。

実際、イングリットも何人かの知り合いに紹介《しょうかい》してほしいと頼まれたが、丁重《ていちょう》にお断りしている。

「そうでもないよ。皆だけ特別。もちろん、イングリットも全然ＯＫだよ」

にっこりと美月が意味深に笑う。

確かに美月が寛容《かんよう》なのは、昔から勇斗に仕えていた女にだけだ。

むしろ積極的にくっつけようとしている節さえある。

それだけ転移初期に夫を助けてくれた事に感謝しているということかもしれないが、それでもわからなかった。

この辺り、前世であったシグルドリーファとしての記憶《きおく》や王としての価値観が影響《えいきょう》しているのだが、さすがに神ならぬイングリットには想像の埒外《らちがい》である。

正直、狐《きつね》につままれたようで心の座《すわ》りが悪いが、とりあえず正妃の許可があるなら諦めなくてもいいのでけっこうなことだった。

「……あの、じゃ、じゃあ、言葉に甘《あま》えさせてもらうぜ。どうしたらいいか二人の意見をもらえるか？　差し出がましいのは百も承知だ」

妻たちに自分の夫の篭絡《ろうらく》方法を教えろ、というのはなんとも奇天烈《きてれつ》な話だと思ったが、ここまで来たら毒を食《く》らわば皿までである。

美月は勇斗とは物心つく前からの幼馴染だったというし、今も勇斗はプライベートの時間は彼女《かのじょ》と過ごしていることが最も多い。

一方のフェリシアも副官として、勇斗が仕事をしている間、ほぼ四六時中一緒にいる。

いわばこの二人は、最も勇斗と共にいる時間が長く、それだけ彼のことをよく知っている女性たちだ、ということである。

当然、その寵愛《ちょうあい》のされ方も。

実際、ファグラヴェールも、美月の応援のおかげでゴールインしている。

助言を求めるのにこれほど適した人間はいなかった。

「んー、そうだねぇ」

「そうですねぇ」

二人は少し考え、そしていみじくも口を揃《そろ》えて言った。

「「攻撃《こうげき》あるのみ！」」


「攻撃？」

きょとんとイングリットは首を傾《かし》げる。

殴《なぐ》られたりはたかれたりするのが好きな倒錯的《とうさくてき》な人間が世の中にはいるという。

「ま、まさかあいつにそんな趣味《しゅみ》があったなんて……」

衝撃の事実である。

もう六年近い付き合いだというのに、まったく気づかなかった。

だが、人間、一つや二つ、ダメなところぐらいあるものだ。

それぐらいで今さらイングリットの気持ちは揺《ゆ》るがない。

「あ、あいつがそういうのが好きだっていうんなら、別に付き合ってやっても……」

「ぷっ、あはは、違う違う、そういうんじゃなくて」

思いっきり笑われてしまった。

隣《となり》ではフェリシアも口元を押さえている。

ちくしょう。

「んーなんて言うのかな。ほら、男は狼、って言うでしょ？」

「へ？　ああ、男は野獣《やじゅう》、か」

「ああ、ユグドラシルならそう言うんだね。まあ、言うなれば勇くんって、野獣は野獣でも飢《う》えてない野獣なんだよ」

ぴんと指を立てて、美月が言う。

フェリシアも同意なのか、クスッと笑みを零《こぼ》しつつ頷《うなず》く。

「飢えてない？」

「そう。だって毎日、餌《えさ》が自分からのこのこと食べてーって言ってくるんだよ？　しかも飽《あ》きないようにって趣向《しゅこう》を凝《こ》らして」

「っ!?　しゅ、趣向？」

「うん、たとえばフェリシアと二人で勇くんのを、とか」

「ゆ、ユウトのなんだっ!?」

「ええっ⁉　それは、その、御想像《ごそうぞう》にお任せするというか……ねぇ？」

「はい、さすがにそれを口にするのは……」

二人してちょっと顔を赤らめ、言葉を濁《にご》す。

アレか？　やっぱりアレなのか⁉

この話の流れからして、どう考えてもアレであろう。

しかし、そういう知識がないイングリットには、それ以上はわからない。

いったい二人で勇斗のナニを何していているんだ⁉

「ま、まあ、話を戻して」

コホンと美月は咳払《せきばら》いをして、

「けっこう勇くんの野獣は、食べるのに困ってないいんだよ。グルメなんだよ」

真剣《しんけん》そのものな顔で言う。

フェリシアも神妙《しんみょう》に頷き、

「そうですねぇ。ルーネはまさしく絶世の美女！　って感じですし、リネーア殿もとても可愛《かわい》らしい方です。そこにファグラヴェール殿も加わりましたし」

「う、ううぅっ！」

並べられて、今さらながらにイングリットは戦慄《せんりつ》する。

皆、女のイングリットの目から見ても、とても魅力的《みりょくてき》な女性たちばかりである。

そんな美女たちが、あちらから誘惑《ゆうわく》してきてくれるのだ。

確かに、それは飢えているわけがない。

「だからね、待ってちゃだめだよ！　イングリットのほうからぐいぐいがんがん積極的に誘惑しないと！」

「む、むぅっ」

まったくの正論だった。

そもそも勇斗は日々、朝から晩まで働きづくめなのである。

そしてくたくたになって帰れば、御馳走《ごちそう》が自分たちから食べてと言ってくる。

そんな状況《じょうきょう》で、彼が自分から狩《か》りにいくわけがなかった。

むしろこちらから狩りにいかねば、機会など訪れるはずもなかったのだ！

「まだ先の話ではありますが」

そう前置きし、フェリシアも真面目な顔で言う。

「クリスなんかは視点が近いんですかね、お兄様ととても話が合います。時々、わたくしにもわからないような高いところでわかりあってるなと嫉妬《しっと》することさえあります」

「ぐっ」

「アルはとても天真爛漫《てんしんらんまん》で、一緒《いっしょ》にいると嫌《いや》なことが忘れられるとか常々おっしゃっていましたし」

「がっ」

「エフィなんかも、子供たちの世話を一手に引き受けて、子供たちにも凄《すご》く好かれて、お兄様からの印象はかなりいいですね」

「げふっ」

会心の一撃《いちげき》の連打に、イングリットはノックアウトされる。

自分がのんびりしている間に、年少組も勇斗との距離《きょり》を詰《つ》めていたのか⁉

本当にこのままでは、彼女たちにも追い抜かれてしまうかもしれない。

「わ、わかったよ。あたしが思っていた以上に後がねえってこったな。よし、頑張《がんば》る。ユウトを誘惑する！」

グッと拳《こぶし》を握り、宣言するイングリットであったが、

「でもあなた、威勢《いせい》がいいようで、その手の事には奥手《おくて》で、はっきりいってビビリですわよね？」

「がふっ！」

「いざってなると、何も言えなくなったりしそうで」

「ごふっ！」

「そこまでガッチガチに緊張されると、男の人も手を出しにくいところがありますし。特にお兄様はお優《やさ》しい方ですし」

「ぐふっ」

「最後にはテンパって気が付いたら手が出てた、なんてことに」

「み、見てたのか⁉」

「いえ、単なる推測でしたが、やはりでしたか」

「ぐ、ぐうううう」

もはやぐうの音しか出なかった。

またもやクリティカルヒットの嵐《あらし》。

もう勘弁《かんべん》してほしい。

心の耐久力《たいきゅうりょく》はもうゼロなんだ！

「おそらくこのままでは、二人に進展はないでしょう」

「じゃ、じゃあ、どうすればいいんだよ⁉」

涙目《なみだめ》になってキレ気味に叫《さけ》ぶ。

このまま勇斗と結ばれず、寂《さび》しい老後を送るのか⁉

自分でもありありとその光景が目に浮《う》かんでしまう。

そんなイングリットにフェリシアはクスリと微笑《ほほえ》んで人差し指を立てる。

「ふふっ、わたくしに秘策がございます！」

「温泉旅行？」

「はい、少し前に奪《うば》い取ったターフルシーシュの領内を調査しているときに発見したとのことで、視察という名目で皆《みな》で行こうかという話が持ち上がっております」

イングリットが問い返すと、フェリシアが頷きつつ言う。

そういえば以前、『色々一段落ついたら皆で温泉行きたいなぁ』なんてよく勇斗が漏《も》らしていたことを思い出す。

遅《おそ》まきながら、それを実行しようというのだろう。

「そっか、いつもと違《ちが》う場所でなら雰囲気も盛《も》り上がりやすいし、その勢いで行けってことだな！」

素直《すなお》にいい案だとは思った。

恋愛《れんあい》に関して奥手であることは、もう痛感している。

そんな自分がいきなり積極的に誘惑するといっても、やはりなかなか難しかった。

ヘタレだとは思うが、なにかしらのきっかけが欲しかった。

そういう意味では、温泉旅行は絶好の機会である。

「はい、とは言え、これはあくまできっかけ。貴女《あなた》とお兄様の進展のなさを考えると、もうちょっと抜本的《ばっぽんてき》な対策が必要かと」

「ば、抜本的」

てっきり旅行でもう十分いい案だと思っていたのに、まだ追加があるだと⁉

イングリットは思わずごくりと唾《つば》を呑《の》み込《こ》む。

「イングリット」

「は、はい」

「貴女がいざという時、平常心を保てないのは、ひとえに女としての自信がないからではないですか？」

「うっ！」

また痛いところをズバリと突《つ》かれた感があった。

心のどこかでずっと無意識のうちに抱《かか》えていたものではあった。

先にフェリシアが言った通り、勇斗の周りには、粒揃《つぶぞろ》いの美女たちだ。

自分ではそこそこまあ人並み以上にはと思ってはいるが、それでも突き抜《ぬ》けて美人とは口が裂《さ》けても言えない。

その上、男勝《おとこまさ》りでガサツな自分では勇斗も満足できないのではないか。

だからあいつも手を出してこないのではないか。

どうしてもそんな不安が時々、脳裏《のうり》をよぎるのだ。

「お兄様が常々仰《おっしゃ》られていることがあります。いわく『敵を知り己《おのれ》を知らば、百戦殆《あやう》からず』と」

「は、はあ」

いきなりそんなことを言われても、いまいちぴんと来ずイングリットは生返事する。

《鋼《はがね》》の様々な兵器に携《たずさ》わっているイングリットではあるが、戦略・戦術そのものに関してはまったくの素人《しろうと》なのだ。

「敵……というには語弊《ごへい》はありますが、お兄様はおっぱいが好きです。大好きです。いつも夢中です！」

自らの胸に手を当て、フェリシアがきっぱりと言い切る。

隣では美月がうんうんと大いに頷いていた。

勇斗はすでに自分の寝室《しんしつ》で就寝中《しゅうしん》とのことだが、彼もまさか、こんなところで自分の性《せい》癖《へき》が明るみにされているとは夢にも思うまい。

「そして味方！　イングリット、貴女もわたくしたちほどではありませんが、豊かな胸をお持ちです」

「はっ!?」

言われて、イングリットは自らの胸に目を向ける。

確かに自分の胸は、他の女性と比べてもけっこう大きい。

まさかこんなところに武器があったとは！

「それの使い方をお教えしてあげます！　他にも色々な女のたしなみも！」

「っ！」

「さすれば自信もつき、落ち着いた対処もできるようになるはずです」

「おおっ、なるほど！　よろしくお願いします、師匠《ししょう》！」

イングリットは母とは早くに死別し、姉も叔母《おば》もおらず、周りにそういう事を教えてくれる女性がいなかった。

かといって、今さらなかなか聞けるものでもない。

それがコンプレックスになっていたのは否めない。

この機会に学べるのなら、これほど有難《ありがた》いことはなかった。

「わたくしたちの指導は厳しいですよ」

「望むところだ！　……ってこういう猛々《たけだけ》しいのがよくないんだよな」

早速《さっそく》、ズーンと落ち込む。

どうして自分って奴《やつ》は……こうも所作の一つ一つが男らしいのか！

「いえ、その辺まで直す必要はないかと。まあ、世間一般《いっぱん》から見れば駄目《だめ》なのですが、貴女のそういうところを、お兄様は好ましく思っておられますから」

「そ、そうなのか⁉」

「はい、いいところは残して伸《の》ばしつつ、足りないところは補っていきましょう」

「おう！　よぉし、やるぞぉっ！」

温泉旅行まであと一〇日。

こうしてイングリットの花嫁修行《はなよめしゅぎょう》が始まったのだった。


「うーん、やっぱなんか首が痛い」

街をてくてく歩きながら、イングリットは首をさすっていた。

この一週間というもの、美月やフェリシアから叩《たた》き込まれた技の後遺症《こういしょう》である。

挟《はさ》みながら舐《な》める。

世の女性たちはまさかそんなことまでしているとは（※ほとんどしてません）。

「はは、確かにあれ、首すっごい疲れるよねー」

「でも、あいつ好きなんだろ？」

「すっごく」

「なら、やるよ」

うんっとイングリットは頷く。

正直、まだ初めてもしていない内から何をやっているのかと思わないでもないが、武器が一つあるだけで、どこか不安が緩和《かんわ》される感じがあった。

美月やフェリシアが語る体験談なども、イングリットには刺激《しげき》が強かったが、一方でどんなことをするのか、具体的にわかることで恐怖感《きょうふかん》は消える。

二人も別に実際に最初からこれをしろというわけではなく、そうやって自信をつけることでいざって時にテンパらない為《ため》だと言っていた。

まさにその効果を実感するところである。

この二人の応援があれば、次こそうまくいきそうな気がした。

「おーおー、相変わらず盛況《せいきょう》だなぁ」

新都タルシシュのバザールには、全領土から運ばれてきた、あるいは交易で得たオリエントの品々がところ狭《せま》しと並び、それを求めて人々が群れをなしていた。

勇斗たちの頑張りにより、ここ最近は《鋼《はがね》》の食糧《しょくりょう》事情もだいぶ改善してきたらしい。

もちろんまだまだ配給制限のようなものもあり、民衆に我慢《がまん》させている部分も多いが、それでもなんとか今年の冬を乗り切れる量の食糧は確保できる見通しだとか。

実にけっこうなことである。

「で、どこに向かうんだ、美月？」

朝起きるやいきなり着の身着のままここに連れてこられた感じで、何を買うのかすら聞いていなかった。

バザールは広い。

当てもなく歩いていては、あっという間に日が暮れてしまうだろう。

ちなみにフェリシアは当然仕事中である。

「こっち。いいお店を見つけたんだよ」

ぐいっと手を引っ張られる。

けっこう来ているらしく、実になれた感じである。

「曲がりなりにも神帝《テイウダンス》の奥方《おくがた》だってのに、そんなに遊び歩いて大丈夫《だいじょうぶ》なのかよ？」

「一応変装はしているし、護衛も付いてるから、大丈夫だよ」

ふいっと美月が目を向けると、短髪《たんぱつ》の女性が小さく黙礼《もくれい》してくる。

すぐにピンとくる。

（あ、エインヘリアルだ、このひと）

《剣戟を生む者《イーヴァルディ》》のルーンは直観力に優《すぐ》れる。

どこがどうとか言葉では説明できないのだが、なんとなくわかるのだ。

万が一、誘拐《ゆうかい》でもされようものなら一大事である。

相応の者が護衛に付いているということらしい。

「あ、ここ、ここ。前に見つけてね」

言われて、彼女が指差した先にあるのは、小さな土器が無数に立ち並ぶ店だった。

どれも形や模様がけっこう凝っていて、なかなか可愛らしい感じだ。

「土器？　これで部屋を飾《かざ》れってことか？」

言われてみれば、イングリットの自室は、置いてある家具は常に実用性重視、女子らしい華《はな》やかさとはまったくの無縁《むえん》である。

こういう女子らしいものを部屋に置いて日々の生活から女子らしさを身に付けていけ、ということだろうか？

「ははっ、違う違う、うちは土器屋じゃないよ。香水屋《こうすいや》さ」

年配の女店員が、苦笑《くしょう》して言う。

「香水？」

聞きなれない言葉に、イングリットは小首を傾げる。

それもそのはずで、ユグドラシルには香木《こうぼく》の類はあったが、香水の類はなかったのだ。

「東からの輸入品さ。まだ入ってきたばっかだけど、もう飛ぶように売れてるよ」

実際、すでに紀元前一八五〇年頃《ごろ》には、地中海に浮かぶキプロス島には調香《ちょうこう》用の施設《しせつ》が存在していたという。

材料となるマツ、アーモンド、アニス、ベルガモット、コリアンダーといった植物が地中海全域から集められており、市場の盛況ぶりが窺《うかが》える。

それだけのコストをかけても売れて儲けが出たということなのだから。

「ほら、ちょっと試《ため》しに嗅《か》いでみるかい？　これはキフィって香水で一番人気なんだ」

「あ、うん。……へえっ⁉」

瓶《びん》から漂ってきた香りに、イングリットは思わず感嘆《かんたん》の声をあげる。

思わずうっとりするような、いい香りだった。

しかもこれまで嗅いだこともないような、未知のものである。

だがそこはイングリットである。

「多分、いろんなものを混ぜてるよね？　ハチミツ、ワイン、レーズン、松やに……ここまではわかるんだけど……まだまだ他にもいっぱい！」

一瞬《いっしゅん》でそこまで嗅ぎ当ててしまう。

このあたりはやはり物作りの天才の面目躍如《めんもくやくじょ》か。

「へえ！　お客さんわかるのかい？」

「まあ、少しはね」

「いやいや、それでも大したもんだよ」

「でもすごい！　こんなふうに混ぜて新しい香りを作ってしまうのかぁ！」

クリエイターである彼女は、この斬新《ざんしん》な発想に心から感動していた。

今までまったく考えたことさえなかった。

自分などやはりまだまだだ、と改めて思う。

「勇くんはこの香りが好きだよー」

そう言って美月が持ってきた香水を試しに嗅いでみる。

——も、いぶかしむようにわずかに眉《まゆ》をひそめる。

別に嫌な臭《にお》いがした、というわけではないのだが、

「ん～、なんかあんまりパッとしないな」

このあたりで、変な忖度《そんたく》をせず率直《そっちょく》に言うのがイングリットという女である。

いい香りではあるのだが、最初に嗅いだものに比べ、なんというかあまりに自己主張がない。

「勇くんはあんまり強い香水の匂《にお》いが好きじゃないんだよ」

「そうなのか？」

「うん、なんか授業参観の時の下駄箱《げたばこ》で嗅いだいくつもの香水が混ざった臭いがトラウマみたいで」

「は、はあ」

とりあえずイングリットは生返事で相槌《あいづち》を打つ。

時々、美月はよくわからない言葉を使う。

おそらくは勇斗もいたという天の国の話なのだろう。

勇斗はその辺り、相手にわかるように、一回頭の中で自分なりに嚙《か》み砕《くだ》いてから話すタチなのだが、美月は思いついたことをそのまま口にする傾向《けいこう》がある。

まあ、もうすっかり慣れたのでスルーしているが。

「とりあえずユウトはあんまり匂いが強いやつは好きじゃないってことだな」

「そそ、なんかね、飾らない感じが好きなんだよ」

「へえ、まあ、あいつらしくはあるな」

一見、外からは奇想天外《きそうてんがい》なものを作り、予想外の行動を取りまくる派手好きで破天荒《はてんこう》な人物に見えるが、実際の勇斗はむしろ上っ面《うわつら》より内面を重視する地味で朴訥《ぼくとつ》な人柄《ひとがら》の持ち主である。

イングリット自身、そういうところに惹《ひ》かれたのだ。

こういう匂いとかの小手先でどうにかなる相手とは思えなかった。

「飾らないのが好きなら、こんなん付けても意味なくないか？」

「それは早計というものだよ、イングリット君」

ちっちっちっと指を振《ふ》りつつ美月。

「確かにこんな香り一つで落とせたら苦労はないわ。でもね、この香りが好きなことは確かなのよ」

「ふむふむ」

「でね、ほら、女からしたらさ、そういうお誘《さそ》いって自分の口から言いにくいみたいなのがあるじゃない？」

「っ！　ああ、あるぜ！」

まさに今、それで悩《なや》みに悩んで、二人に相談したのだから。

美月はうんっと頷き、

「それとなく察して欲《ほ》しい。雰囲気《ふんいき》でわかって欲しい。そういう時はあっちからぐいぐい来て欲しい」

「そうそう！　そうなんだよ！」

イングリットは食い気味に何度も頷く。

男勝りと言われる彼女だが、根っこのところでは誰《だれ》よりも女の子なところがある。

そういう時は男の人に力強く男らしくリードして欲しい、というほのかな夢があるのだ。

「まあ、そういう気分じゃない時にぐいぐい来られると、それはそれでムカッてくるんだけど」

「うんうん、わかる」

実に理不尽《りふじん》だと思うが、そういうものなのだ、女とは。

そういう心の機微《きび》をそれとなくわかって欲しいのだ。

言葉にしなくても、空気で。

好いた男ならなおさらに。

「とは言え、男の人がそのへん鈍感《どんかん》なのは事実。だから、言葉にはしないんだけれども、相手にはそれとなくわかりやすいサインが必要だと！」

「ふむふむ」

「とは言え、イエスノー枕《まくら》はちょっとあたし的には露骨《ろこつ》すぎる。そこであたしは考えました！」

またなにやらよくわからない単語が飛び出してきた。

とりあえずなにかとてもしょーもない代物《しろもの》な気がしたので、その辺は突っ込まないことにする。

続きも気になったし。

「ならば、それとなく匂いで伝えよう、と！　ＯＫな時には勇くんが好きだといった香水、駄目な時は安眠《あんみん》効果のある香水にしたのよ！」

「おおおおっ！」

イングリットは雄叫《おたけ》びじみた感嘆の声を上げる。

確かにそれなら、まったく露骨ではない。

あくまで建前としては気分を変えるために香水を変えただけ、である。

自分から誘ったわけではないという言い訳ができる。

「そしてもうそれは、あたしやフェリシアでそれとなく仕込《しこ》んであるわ」

「お、おおっ」

「当日、振りかけておけば、いくら鈍《にぶ》チンの勇くんでも気づくはずよ！」

実に至《いた》れり尽《つ》くせりである。

ここまでお膳《ぜん》立《だ》てされて、奮い立たねば女が廃《すた》る。

決戦はもう三日後だった。


「到着《とうちゃく》いたしました、陛下。こちらになります」

「おっ、やっとか。ふぃぃぃぃ、つっかれたぁ」

案内人がそっと手で指し示すと、ぐいっと勇斗は額の汗《あせ》を拭《ぬぐ》い辺りをうかがう。

アルチェナ温泉――

現スペインのムルシア州、セグラ川沿いのリコテ渓谷《けいこく》に湧《わ》き出る、古代ローマ時代から使用されていたという由緒《ゆいしょ》正しき温泉である。

二一世紀には遺跡《いせき》などもいくつか残っているが、今は紀元前一五世紀。

当然、そんなものがあるはずもない。

見渡《みわた》す限り、手付かずの美しい自然が広がるばかりである。

「こういう時、やっぱ自動車が恋《こい》しくなるな」

《鋼《はがね》》の新都タルシシュから最も近い温泉……ではあるのだが、それでもここに来るまでいったい何日かかったことか。

船や馬車を乗り継《つ》ぎ、最後は山道を徒歩。

自動車であれば、強行軍ではあるが一日で走破できるだけに、改めて文明の利器の便利さを痛感するところである。

「でもそういう大変さがあるからこそ、格別だと思うよ」

「違いない」

美月の言葉に、勇斗も笑って頷く。

疲《つか》れていればいるほど、温泉は気持ちいい。

1＋1＝2というぐらいわかりきった事実である。

「我々はこのあたりでテントの設営を行っているので、陛下は先に温泉に」

親衛騎団《ムスッペル》の副長ベムブルが進言してくる。

綺羅星《きらぼし》のごとく豪傑《ごうけつ》の揃う親衛騎団《ムスッペル》の中では地味な存在だが、勇斗の中の彼《かれ》への評価は低くない。むしろ高い。

彼女たちの華々《はなばな》しい活躍《かつやく》も、彼が縁《えん》の下で組織を支えてくれているからである。

そんな彼も、親衛騎団団員《ムスッペル》五〇名とともに、護衛兼《けん》荷物持ちとして今回同行していた。

「おう、悪いな。んじゃ早速、ひとっ風呂《ぷろ》浴びさせてもらうとするかな」

すっと片手をあげ、勇斗は手に持っていたタオルでパァン！　と肩《かた》を叩き、温泉へと向かう。

部下に働かせて自分だけ、というのは少しだけ申し訳なかったが、どうせ自分が入らなければ皆が遠慮《えんりょ》してしまうと開き直る。

「楽しみだなぁ。どんな感じなんだろ」

「温泉かぁ。懐《なつ》かしいなぁ。思い出すなぁ」

「ふむ、いい感じならばしばらく湯治するのもいいかもしれんな」

「ルーネったら、すっかり悠々自適《ゆうゆうじてき》ねぇ。羨《うらや》ましいわ」

「なに、ルーネ殿《どの》はこれまで働きすぎだったのだ。この機会にしっかり療養《りょうよう》して英気を養って も罰《ばち》は当たるまい」

「若頭《かしら》の言う通りですよ、ルー姉。腕《うで》が治ったら儲《もう》けものじゃないスか」

「わーい、温泉温泉！」

「ホムラはさっさと汗を流したいのじゃ」

美月、イングリット、ジークルーネ、フェリシア、リネーア、ヒルデガルド、アルベルティーナ、ホムラと、当たり前のようにぞろぞろと勇斗の後ろを付いてくる。

ちなみにファグラヴェールは懐妊《かいにん》中の為、大事を取って欠席。

バーラとエルナ、フレンも彼女に付き添《そ》って欠席。

エフィーリアには、母親たちがこぞって今回の温泉旅行に行くということで、宮殿《きゅうでん》で子《こ》守《も》りをしてもらっている。

いいところならまた折を見て彼女たちを誘うのもいいかもしれない。

「おや？　以前と違って、女の子が付いてきてるのに泰然自若《たいぜんじじゃく》としたものですねぇ？」

なんてことを考えていると、クリスティーナがからかってくる。

姿が見えないと思ったら、背後に気配を消して隠《かく》れていたらしい。

相変わらず人を驚《おどろ》かせるのが好きな娘《むすめ》だった。

「あの時のお父様の慌てっぷりを思い出すだけで、くふふふふ」

「ちっ」

いやらしく笑《え》みをこぼすクリスティーナに、勇斗は苦虫を噛み潰《つぶ》したような顔で舌打ちする。

あの時というのは、まだ勇斗が《狼《おおかみ》》の宗主だった頃《ころ》に皆で行った温泉慰《い》安《あん》旅行の事を言っているのだろう。

「ったく、あん時は酷《ひど》い目に遭《あ》ったぜ」

「あら、いい目の間違《まちが》いでは?」

聞き咎《とが》めたフェリシアが、くすりと悪戯《いたずら》っぽく微笑みながら話に割《わ》り込んでくる。

勇斗も苦笑とともに肩をすくめ、

「男として嬉《うれ》しくなかったといえば嘘《うそ》になるがな。あの時の俺《おれ》にあれを楽しむ余裕《よゆう》はなかったよ」

あの頃は美月一筋だったし、女性への免疫《めんえき》もなかった。

喜びよりも、戸惑《とまど》いや緊張《きんちょう》、不安、恥《は》ずかしさなど、そういったものでいっぱいいっぱいだった記憶《きおく》しかない。

そして結局、鼻血を出して気絶(実際は湯あたりだが)。

据《す》え膳《ぜん》食わぬは男の恥《はじ》、ともいう。

まさしく今の勇斗にとっては黒歴史以外の何物でもなかったのだ。

「ようやく雪辱《せつじょく》を果たす機会が来たな。もうあの頃の俺じゃないぜ」

すでに勇斗は男として様々な経験を積んできた。

まさに百戦錬磨《ひゃくせんれんま》の覇王《はおう》の余裕があった。

「はあ、その様子じゃ、からかい甲斐《がい》はなさそうですわね」

「おう、じっくりたっぷりねぶりあげるように鑑賞《かんしょう》してやるぜ」

「そんな堂々と……やれやれ、あの頃の初心なお父様が懐かしいですわ」

クリスティーナは両手のひらを天に向け、肩をすくめたのだった。

一方その頃――

テント設営を任された親衛騎団《ムスッペル》の男たちは、そんな彼女《かのじょ》たちの背中をなんとも未練がましく眺《なが》めていた。

そこにいるのはいずれも《鋼《はがね》》でも指折りの美女ばかりなのである。

そんな彼女たちの裸《はだか》の饗宴《きょうえん》。

それがすぐそこで繰《く》り広《ひろ》げられるというのに、妄想《もうそう》せずにいられるだろうか。

否、できるわけがなかった。

是《ぜ》が非《ひ》でも見たい。

男ならば、誰しもがそう思うことだった。

「変な事を考えるのはやめておけ。殺されるぞ」

だが、そんな不埒《ふらち》な考えは、背後からの冷たい声にひゅんっと縮こまる。

親衛騎団《ムスッペル》副長ベムブルである。

その一言で、皆すっかり沈《しず》みかえってしまったが、

「うっ、……ヴァ、桃源郷《ヴァルハラ》を垣間見《かいまみ》れるのであれば、たとえ死しても俺は本望《ほんもう》ですっ！」

一人、剛《ごう》の者が現れる。

親衛騎団《ムスッペル》期待の若手バベルである。

性格は少々イケイケなところがあるが、ルーンにも開眼、エインヘリアルとして目覚め、先のターフルシーシュ戦役《せんえき》でも功があり、将来を嘱望《しょくぼう》されている男だった。

「繰り返す。やめておけ」

「止めないでください、副長！　罰なら後で甘《あま》んじて受けます」

「「「おおっ」」」

開き直ったバベルの蛮勇《ばんゆう》に、仲間たちから感嘆の声があがる。

親衛騎団《ムスッペル》の団員たちは、ジークルーネの恐《おそ》ろしさを身をもって知っている。

決して褒《ほ》められた行為《こうい》ではないにしろ、その勇気は賞賛に値したのだ。

だが、ベムブルはゆっくりと首を振る。左右に。

「見る事さえ叶《かな》わん。ジークルーネ《先代》は気配に聡《さと》いし、陛下やホムラ殿もだ。ヒルデガルド《母上》も鼻や耳がいい。桃源郷《ヴァルハラ》に近づくことさえできず、死を賜《たまわ》るだけなのが関の山だ」

「くっ……！」

勇者バベルは下唇《したくちびる》を噛む。

若いとは言え、彼も精鋭《せいえい》、親衛騎団《ムスッペル》の一員である。

彼我《ひが》の戦力差ぐらいは読める。

確かにベムブルの言う未来しか見えない。

しかし……しかし……っ！

「くそっ、すぐそこに！　すぐそこに桃源郷《ヴァルハラ》があるのに！」

バンバンッと悔《くや》しさに地面を何度も拳で殴《なぐ》りつけるバベル。

言葉に偽《いつわ》りはなく、よっぽど見たかったらしい。

「俺もいつか宗主にまで上り詰めて、ハーレムを築いてやる！」

天に向かって咆哮《ほうこう》をあげる。

まさに魂《たましい》の慟哭《どうこく》であった。

彼のこの嫉妬が、後に《鋼《はがね》》を揺《ゆ》るがす一大事件を引き起こすことになるのだが、それはまた別の話である。


「見渡す限りの大自然の絶景！　目の前には美女たちの艶姿《あですがた》、酒の肴《さかな》には最高だな！　なっはっはっはっはっ！」

渓谷に勇斗のハイテンションな笑い声が響《ひび》き渡《わた》る。

両脇《りょうわき》にはジークルーネとリネーアを抱《だ》き寄せ、クリスティーナとアルベルティーナに交《こう》互《ご》にお酌《しゃく》をさせ、すっかりご満悦《まんえつ》である。

宗主になったばかりの頃は、女性が風呂《ふろ》に入ってきただけでも動転していたというのに、人は変われば変わるものだった。

「へ、陛下、あ、あたしからも一献《いっこん》」

そう言ってとっくりを差し出してきたのはヒルデガルドである。

親衛騎団《ムスッペル》々長になってからは度胸もついて落ち着いてきたとジークルーネの言なのだが、とっくりを持つ手が哀《あわ》れなほどに震《ふる》えている。

案の定、

「あっ、はわわっ！　す、すみませんんんん！」

盃《さかずき》から酒をあふれさせてしまい、ぺこぺこと何度も頭を下げる。

完全にテンパっていた。

「ふん、ご一緒《いっしょ》させてくださいと懇願《こんがん》してきたから了承《りょうしょう》したが、やはりか」

やれやれと姉貴分のジークルーネが呆《あき》れ気味《ぎみ》に笑う。

「お前はいつも見通しが甘いんだ」

「だぁってぇ、は、は、はだ、裸で！」

「風呂は裸で入るものだろう？」

「そ、それはそうなんですけどぉ！」

「父上との距離《きょり》を詰《つ》めるんじゃなかったのか？」

「そ、そのつもりだったんですけどぉ」

「まったくまだまだ精神修養が足らんな」

「あううううっ！」

ヒルデガルドはすっかり涙目になっていた。

どうやら温泉まで付いてきたはいいものの、自分も勇斗も裸という状況《じょうきょう》に、すっかり緊張してパニックになっているらしい。

（気持ちは大いにわかるぞ、ヒルダ！）

そんな彼女に、うんうんとイングリットは頷《うなず》く。

自分もそういうところがあるので、全然他人事ではなかった。

「なんだ、俺と距離を詰めたかったのか。じゃあ、とりあえず呑め呑め」

言って、勇斗はヒルデガルドに盃を渡し、とくとくと酒を注いでいく。

「い、い、いただきます！」

「おいおい、そう固くなるな。今日は無礼講だ。楽しめ楽しめ、ぶわっはっはっはっ！」

勇斗はバンバンッとヒルデガルドの肩を叩き、また大笑いする。

さすがにいつもと様子が違い過ぎた。

随分砕《ずいぶんくだ》けた感じである。

「な、なあ、フェリシアさん、もしかしてユウトのやつ、酔《よ》ってないか？」

ちょっと不審に思ったイングリットが、隣《となり》でくつろいでいたフェリシアに声をかける。

「ええ、酔ってらっしゃるかと」

「でも、あいつザルじゃなかったっけ？」

宗主である勇斗は、式典や祝宴《しゅくえん》などでは献杯《けんぱい》されまくるのだが、別に顔が赤らむこともなければ、それほど足取りがふらついたりすることもなかった。

今回、その時などに比べれば、まだ数盃程度《すはいていど》と、全然呑んでいない。

「ああ、公式の場では醜態《しゅうたい》を晒《さら》すわけには、と気を張っておられるそうですよ」

「なるほど、今は気心の知れた人間しかいないからああなった、と」

「はい。普段《ふだん》より陽気でお茶目《ちゃめ》になる感じですね。意識ははっきりしていて酔っている間の記憶もあるそうです。とても良い酔われ方です」

「だな」

　イングリットも思わず頷く。

　仕事柄《しごとがら》、酔っぱらった部下を何人も見ているが、泣き上戸《じょうご》や怒《おこ》り上戸の奴は正直面倒《めんどう》くさい。

　それらに比べれば、陽気でお茶目になるというのは、場を考えれば、むしろ求められてさえいるものだ。

　意識も記憶もあるというのなら、無茶《むちゃ》な絡《から》み方もすまい。

　実にけっこうな酔い方だった。

「小学校時代、ああ、ええっと、子供の頃の勇くんはあんな感じだったよー」

　話を聞いていたらしい美月が、横から付け加えてくる。

「へええ。ああ、確かに最初の頃は、お調子者なところあったなぁ」

　思い返してみれば、まだ勇斗が《狼《おおかみ》》の宗主を継ぐ前までは、そういうところがあった気がする。

　それから、ロプトの反逆、義父ファールバウティの死、宗主としての責任。

　そういったものが今の勇斗を形作っていったのだろう。

「むしろあれが素のユウトってことか」

「うん、そういうこと」

「そう思うと、ちょっと嬉しいな」

酒の力を借りてとは言え、気心の知れた人間だけに見せてくれる姿だ。

特別感があった。

「さて、そんなことよりイングリット殿」

「な、なんだ」

フェリシアの声の調子が変わり、イングリットも緊張の面持《おもも》ちで答える。

「お兄様は皆《みな》でわいわい騒《さわ》ぐのが好きな方ですから、本日は皆で宴会《えんかい》の予定です。が、明日の予定は空けてあります」

「っ!?」

心臓がドクンと跳《は》ねる。

この旅行に行く前から、覚悟《かくご》は決めていた。

それでもいよいよとなると、心にくるものがあった。

「他の者にもすでに根回し済みです」

「よ、よく譲《ゆず》ってくれたな」

ここに来ている面子はだいたい、勇斗のことが大好きな女たちだ。

アルベルティーナやクリスティーナの二人はそれが男としてなのか友人としてなのかは

わからないが、それでも好意があるのは確かである。

温泉旅行というこの特別な時間。

誰もが勇斗と一緒にいたいはずだ。

それをあっさり自分に譲ってくれたというのが信じられなかった。

「そこはまあ、調整役の腕《うで》、ですかね」

パンパンっと右腕を叩きつつ、フェリシアが得意げに笑う。

なるほど、確かにフェリシアは勇斗の副官として、海千山千の者たち相手に調整を行い、無難な落としどころを見つけている。

この手のことはお手の物というわけだ。

美月とフェリシアが仕切っている限り、勇斗の大奥《おおおく》はもはや盤石《ばんじゃく》だろうと思わせる。

「ただし、チャンスはその一日のみ、です」

「……わかった」

イングリットもこくりと頷く。

この一日で決めねば後がない。

そんなプレッシャーを感じはしたが、それ以上に心が燃え上がっていた。

温泉旅行の大事な一日を皆から譲ってもらい、その日は勇斗を独占《どくせん》できるのだ。

ここまでお膳立てしてもらって奮い立たねば、女が廃るというものだった。


「ふぁぁぁぁっ」

あくびとともに、勇斗はもぞもぞとテントの中から抜《ぬ》け出す。

すでに太陽がかなり高いところまで昇《のぼ》っている。

随分遅《ずいぶんおそ》くまで眠《ねむ》っていたらしい。

「まあ、昨日はけっこう遅《おそ》くまで騒いでいたからな」

お開きの時にはもう、東の空が薄《うす》く明るくなっていた気がする。

だがそれだけ単純に楽しく、名残惜《なごりお》しかったのだ。

「んー、なんか心がかなり軽くなった気がするな」

宴《うたげ》の類は散々やってはいるが、どうしても宗主としての勇斗の仮面が剥《は》がせない。

気心の知れた彼女たちの前では取り繕《つくろ》う必要がない。

酒の力も借りることで、日頃《ひごろ》の溜《た》まりに溜まったストレスをこれでもかと発散できた気がする。

「さて、どうすっかな。おい、そこの。確かガゼルだったたか？　他の皆はどうしてるか知ってるか？」

とりあえず近くにいた親衛騎団員《ムスッペル》に声をかける。

「はっ、女将様《みつき》とフェリシア様、そして《爪《つめ》》のお二人はせっかく山に来たので紅葉狩り《もみじが》をする、と」

「へえ。確かに綺麗《きれい》だもんな。しかし、あいつらも薄情《はくじょう》だな。誘うぐらいしてくれてもいいだろうに」

「陛下は熟睡《じゆくすい》しておられたので、起こすのは申し訳ないと」

「なるほど。むしろ気を遣《つか》わせたか」

二人とも勇斗の激務っぷりをよく知っている。

常日頃から温泉にでも浸《つ》かってゆっくりのんびりしたい、と美月やフェリシアにはこぼしていた。

そのあたりを汲《く》んでくれたのだろう。

「まあ、じゃあ、のんびりさせてもらうか」

せっかくだし、温泉で日頃の疲れを癒《いや》すのが吉《きち》というものだろう。

とは言え一人で、というのも少々寂《さび》しい。

「ルーネはどうしている？　あいつも湯治とかいってなかったか？」

「ジークルーネはヒルデガルドやホムラ様と一緒に山へ猪狩《いのししが》りに向かわれました」

「あれ、そなの？」

「はい。陛下にはしっかり精のつくものを食べて頂きたいと」

「そりゃ有難《ありがた》い限りだ」

三人とも獲物《えもの》を察知する能力がでたらめに高く、また弓の腕も達者だ。

間違いなく獲物を狩《か》って持ってきてくれるに違《ちが》いない。

「今夜は猪肉のバーベキューか。楽しみだな」

想像しただけでよだれが出そうである。

猪の肉は、豚肉《ぶたにく》と同じカロリーだが、ビタミンBと鉄分が圧倒的《あっとうてき》に豊富である。

疲れた体への滋養強壮《じようきようそう》にもかなり良さそうだ。

「しかし、三人もいないとなると、残っているのはイングリットだけか」

まあ、丁度いいのかもしれない。

忙《いそが》しさにかまけて、どうにも彼女との関係を進められずにいる。

「ちょっと強引《ごういん》に迫《せま》ってみるか？　いや、しかしなぁ」

身体に刻《きざ》み込《こ》まれた彼女の鉄拳《てっけん》の恐怖《きょうふ》に、思わず身震《みぶる》いする。

戦闘《せんとう》系のルーンではないのだが、それでも金槌《かなづち》を毎日振っているのだ。

見た目は細くても、その腕力《わんりょく》は男顔負けである。

その手加減なしの全力パンチ。

軍神スオウユウトといえど、身体は生身である。

さすがに腰《こし》も引けるというものだった。

「つってももう二年だしなぁ。腹ぁくくるか」

すでに他の娘と子供を儲け、フェリシアに至ってはもう二人目まで宿している。

なのにイングリットとだけそういうことをしていない。

彼女がもう自分に興味がないというのならともかく、ちゃんと好意を向けられているのはひしひしと感じる。

さすがに、そろそろ一歩進めたいところだった。

「なんだ、ようやく起きたのか」

丁度折よく、イングリットが現れる。

「おう、おはよう」

「おそよう。もう皆、どっか出かけちゃったぞ。ほれ、朝飯」

ずいっと皿を差し出してくる。

皿の上にはパンや干し肉、野菜などが盛られている。

「お、サンキュー」

がっつり眠っていたので、お腹《なか》が空《す》いていたのだ。

「あたしもまだだから、一緒に食べようぜ」

言って、イングリットは勇斗の隣に腰かける。

え？　とちょっとだけ違和感《いわかん》を覚える。

いつもの彼女ならわりと体面に座《すわ》るのだ。

ついで、ふわっと馴染《なじ》みのある香りが鼻腔《びこう》をくすぐる。

（あれ？　これって……）

確か美月が使用していたのと同じ香水の匂いだ。

この匂いの時はあることの合図で、最近、美月とイングリットがよく一緒に出掛《でか》けているると聞いている。

つまりは彼女は今回そういうつもりということで……

ゴクリと勇斗は唾《つば》を呑《の》み込んだ。


（さて、問題はどう誘うか、だな）

イングリットにその気がある、というのは多分間違いないのだが、だからといってじゃあ早速《さっそく》「ヤらないか」とか言うわけにもいかない。

一見、がさつで男勝《おとこまさ》りに見えるが、実はイングリットがけっこうな純情乙女《おとめ》であることに、勇斗も気づいている。

雰囲気やらデリカシーやらというものを大切にしないと、地雷《じらい》が爆発《ばくはつ》してしまう。

これまでの失敗はまさにそういうことだった。

（このあたりの匙加減《さじかげん》がこいつは難しいんだよなぁ）

勇斗は基本的には、即決即断《そっけつそくだん》、快刀乱麻《かいとうらんま》を断《た》つような性格である。

腹芸なども本来得意ではなく、何とか無理してこなしている。

だからというか、「いや」と口ではいってもそうではないとか、「駄目《だめ》」といってもＯＫだったりとかいう、微妙《びみよう》な女心というやつが、どうにもその辺の機微がわからないのだ。

「め、飯も食ったし、これからどうする？」

イングリットが上目遣《うわめづか》いで問いかけてくる。

その顔がほんのり赤い。

かわいくてつい抱き締《し》めたくなったが、そんなことをしようものなら、アッパーが飛んできかねない。

「そ、そうだな。せっかく温泉に来たんだし朝風呂《あさぶろ》でも、その、しようかなって、思ってたんだけど……」

言葉がどんどん尻《しり》すぼみになっていく。

口にしてから、しまった！　と思う。

恥ずかしがり屋《や》のイングリットでは、一緒にいくか、と誘いにくい。

あっちもじゃあ一緒にとは言いにくいだろう。

完全に初手を違えてしまった。

「そ、そうか。奇遇《きぐう》だな。あ、あたしもなんだ」

「え？」

一瞬《いっしゅん》、何を言われたのかわからなかった。

まさか？

「その、ど、ど、どうせなら、い、い、いいい、一緒に入らないか⁉」

思いっきり噛みまくっていた。

「ぷっ」

さすがに思わず吹《ふ》き出し、同時にまた、やらかした！　と焦《あせ》る。

弁解するならば、決してふざけたわけでも、馬鹿にしたわけでもない。

イングリットは普段は男勝りなのに、いざとなると照れ屋なところが、かわいいと常々思っている。

その照れ屋ゆえに難航していることもあるのだが、それを含《ふく》めても、やっぱりこの慌《あわ》てふためく様が、勇斗はとても好きなのだ。

自分だけに見せてくれる姿に思えて。

だからつい笑みを零《こぼ》してしまったのだが、

「〜〜っ!」

そんな心の内が、イングリットにわかるわけもない。

その顔がみるみるうちにリンゴのように赤くなっていき、耐《た》え切れなくなったのかガバッと立ち上がり、ズカズカと立ち去っていく。

「あちゃ〜」

思わず手で顔を覆《おお》う。

自分のせいとはいえ、今回もお流れか、そう落胆《らくたん》するも——

くるり。

イングリットが反転し、大股《おおまた》で帰ってくる。

そしてまたドスン! っと自分の隣に座る。

だが、やはりまだ恥ずかしいのか、顔だけはそっぽを向いていて、

「……で、ど、どうすんだよ？」

なんて聞いてくる。

表情はよくわからないが、その耳が真っ赤だった。

どうやら今回の旅行に、彼女は相当覚悟を決めてきてくれたらしい。

そんな彼女がたまらなくいじらしくて、愛《いと》しさがあふれて、また笑みが零れそうになったが、今度は意地で我慢《がまん》した。

「そうだな、じゃあ一緒にいくか」

出来る限り普段通りを装《よそお》ってはみたものの、少しだけ声がうわずっていた。


「なんか柄《がら》にもなく緊張してしまうなぁ」

一人先に温泉に浸かり、岩に背中をもたれかけ、勇斗はつぶやく。

女性のほうが準備や覚悟に時間がかかるものだ。

待つ時間はどうにも手持《ても》ち無沙汰《ぶさた》で落ち着かない。

「お待たせ」

「おう、はやかったな」

声に振《ふ》り返ると、タオルで身体を隠したイングリットが立っていた。

タオルで大事な部分は全て隠しているが、それが逆にそそる。

上気した肌《はだ》が、やけに色っぽかった。

「あ、あんまじろじろ見んなよ」

「わ、わりぃ」

確かにあまり凝視《ぎょうし》するのもよくない。

目線を逸《そ》らすと、すとっとタオルの落ちる音がして、次いでちゃぽんっと水音が響き、
トンッと肩が触《ふ》れ合う。

もう何も知らないガキでもないというのに、ドキドキした。

「お、お待たせ」

「お、おう」

挨拶《あいさつ》しあい、それからまた数十秒、沈黙《ちんもく》の時間になる。

ちょっと気まずい。

「いいところだよな、ここ」

適当に思いついた話題を振る。

遠く視界に映る色鮮《いろあざ》やかな山々を見るのも乙《おつ》なものだが、このごつごつとした岩肌の間にある温泉というのも、ちょっとした探検気分が味わえ、男心をくすぐる。

泉質も自分に合っているのか、随分《ずいぶん》と疲れが取れた気がする。

古代ローマの権力者たちが良く訪《おとず》れていたのも納得《なっとく》だった。

「そ、そうだな。また来るのもいいんじゃないか」

イングリットも同意するも、やはりまだちょっと固い感じがある。

とりあえずしばらく雑談して緊張をほぐすべきだろう。

お互《たが》いに。

「いいな。新年会、といきたいところだが、冬に来るのは厳しいかな」

「この山間の場所だと、確かに厳しいかもな」

冬の山道はやはり怖《こわ》い。

なにより大変そうだった。

「よくユウトは温泉は冬に限るとか言ってたから、試《ため》してみたくはあるんだけどな」

「おお、そうなんだよ。顔は寒くて体が温かいってのがさ」

「もう何度も聞いたよ」

「そだったか？」

勿論《もちろん》、覚えていたが、あえて勇斗はすっとぼける。

突《つ》っ込みどころがあったほうが、会話は弾《はず》みやすいものだ。

「そうだよ。もう耳にタコができるぐらいな！　事あるごとに温泉行きたい温泉行きたいって話題にしてたし」

「うーむ」

「それなのに一向に行く気配もないし。三年だぞ、三年！　働きすぎなんだよ、お前は」

「別に働きたいわけじゃないんだけどな。むしろ休みたいぞ」

「働きすぎな奴《やつ》はみんなそう言うんだよ」

「むぅ」

イングリットの舌が軽くなって、いつもの調子になってきた。

そう、こうやって勇斗の立場などに遠慮することなく、思ったことをズバズバ言ってくれるのもまた彼女の魅力《みりょく》なのだ。

「まあ、確かに結局、あの温泉にはもう行かずじまいだったしなぁ」

三ヶ月ほど前だったか。

勇斗は地中海からの帰路についたのでわからなかったのだが、先日、イベリア半島の東岸にかなり大きな地震《じしん》と津波《つなみ》があったそうだ。

嫌《いや》な予感がして、地震が収まった一ヶ月後にアルベルティーナたちをユグドラシルへと向かわせたが、行けども行けども陸地はなかったとのことだ。

やはり伝説の通り、ユグドラシル、すなわちアトランティスは、地震とともに海に沈んだのだろう。

ぐりぐり。

「な、なんだよ、いきなり!?」

突然《とつぜん》、眉間《みけん》のあたりをつままれて、勇斗は驚く。

イングリットは少しだけ頬《ほお》を膨《ふく》らませて、

「なーんかまた宗主の顔してたからさ」

「あ～、すまん」

自分はどうにもすぐそっちに思考がいってしまう癖《くせ》がある。

フェリシアに言わせれば責任感が強いということらしいが、せっかくイングリットと二人っきりだというのに、他所事を考えているなど確かに彼女に失礼だった。

だが、イングリットは特に気にした様子もなく笑って、

「いいっていいって。お前のそういういろいろ面倒《めんどう》しょいこんじゃう生真面目《きまじめ》なところ、嫌《きら》いじゃないしさ」

「そうさ。ひたむきに頑張《がんば》ってる男の横顔だ。かっけえに決まってる」

「そ、そうか」

「お、おう」

相槌《あいづち》を打ちつつも、ちょっと照れ臭《くさ》い勇斗である。

やはりいつもと少し調子が違う。

だが、気分は悪くない。

お世辞やおべんちゃらという感じではなく、本心からなのがわかるから。

「まあ、今日ぐらいは仕事のこと忘れて休みなよ。温泉に来てるんだし、そ、その、ふ、二人っきり、なんだし、さ」

言いつつ、イングリットがすっと腕《うで》をからめてくる。

当然、何も付けてない胸が、密着する。

その顔がすごく赤い。

元来こういうのが苦手なたちで、必死に頑張ってくれているのがわかる。

その気持ちが嬉しかった。

「そうだな、二人っきりだしな」

言って、勇斗もぐいっと彼女の肩《かた》を抱き寄せる。

びくっと一瞬《いっしゅん》驚《おどろ》いたような反応はあっても拒絶《きょぜつ》する感じではない。
今度こそイケる！
勝機と見れば、それを見逃《みのが》さないのが軍神スオウユウトである。
ちょっと強引にイングリットの唇《くちびる》を奪《うば》い、そのまま岩場に押《お》し倒《たお》す。
それまで湯で隠《かく》されていたイングリットの肢体《したい》が露《あら》わになる。
健康的な小麦色の肌が、湯で少し上気している。
フェリシアや美月より細いが、それでも肉付きはしっかりしている。
そしてなにより、勇斗を見つめる潤《うる》んだ瞳《ひとみ》が、勇斗自身を熱くさせる。
「イングリット……」
「ユウト……」
視線が絡み合う。
もう二人の間に言葉はいらなかった。
再びその唇が近づいていき――
ズズズズゥゥゥゥウゥン!!
突如《とつじょ》、何か重たいものが落ちたような凄《すさ》まじい音に、ピタリと固まる。
ようやくここまでたどり着いたのだ。

無視するべきか？

無視したい。

無視できれば無視していた。

しかし、

「へっへーん！　見た見た、ホムラぁ⁉　あたしが見事に大物を仕留めたと・こ・ろ〜？」

なんとも能天気な声が響いてくる。

この声はヒルデガルドか。

そういえば、猪狩りをすると親衛騎団員《ムスッペル》が言っていたのを思い出す。

「今回の勝負はあたしの勝ちだな。御館様《おやかた》にも褒めてもらえるかな、かな⁉」

「むぅ、でも、崖《がけ》から落ちたぞ」

「拾えばいいだけでしょ、あたしとあんたがいればそれぐらい……」

そこで崖上にいるヒルデガルドと、はたと目が合う。

イングリットを押し倒したまま、固まっている自分と。

それで事情がわからぬほどお子様ではないのだろう、遠目にもヒルデガルドの顔が引き攣《つ》るのが見えた。

彼女《かのじょ》はしばらく目を泳がせた後、こう言った。

「あ～、え～っと、その、もしかして、あたしまたなんかやっちゃいました？」


その後もイングリットは頑張った。

それはもう粉骨砕身《ふんこつさいしん》、頑張った。

テントの近くで雑談に興じてそういう雰囲気《ふんいき》に持っていこうとすれば、昼食担当の親衛騎団員《ムスッペル》がぼや騒ぎを起こし――

それならばと森でデートと洒落《しゃれ》こんで気分を盛《も》り上げようとすれば、のそりと徘徊《はいかい》する熊を見かけ慌ててその場を離《はな》れ――

ならばもう夜這《よば》いしかないと勇斗のテントに潜《もぐ》り込めば、ホムラが寝惚《ねぼ》けて先に潜り込まれている始末である（たまにあるらしい）。

そして結局、一週間が経《た》ち、結ばれることがないままとぼとぼと帰路についたのだった。

ここまで来るともう神や悪魔《あくま》の悪意を感じずにはいられない。

自分と勇斗は結ばれない運命にあるのではないか、なんて弱気になったりもしたが、

「だったらそんな運命ねじ伏《ふ》せてやる！」

と開き直ってその後も猛烈《もうれつ》なアタックを繰《く》り返し、その度にやっぱり運命の悪戯《いたずら》が邪魔《じゃま》

してきたが、ここまで来れば意地である。
めげない彼女にさすがの運命の悪魔もついに根負けしたらしい。
見事、何とかかんとか結ばれ、一年後にはめでたく出産と相成ったのだった。

ACT 4

「エフィ！　ぼ、ボクとケッコンして！」

「……え？」

ちょうど子供たちがお昼寝《ひるね》をする頃《ころ》だった。

いつものように後宮で勇斗《ゆうと》の子供たちの世話をしていたら、ノゾムが随分と緊張《きんちょう》した面持ちで現れ、いきなりそんなことを言い出したのだ。

少し驚《おどろ》いたが、すぐに笑《え》顔《がお》になって、

「ふふっ、ありがとうございます、ノゾム様。でも結婚《けっこん》って大人にならないとできないんです。もう少し大きくなってからまた言ってくださいね」

しゃがみこみ、ノゾムに目線を合わせて言う。

「そ、そうか、オトナにならないとできないのか……」

しゅんっとなるノゾムがかわいくて、思わず抱きしめたくなるのをぎゅっと我慢する。

彼《かれ》はこの時、まだ八歳《さい》。

もうかわいい盛りである。

「はい、残念ですけどね」

せいいっぱい残念そうな表情と声を作って返す。

本音はけっこう嬉《うれ》しかったりしたので、とても難しかったが。

とは言え、ノゾムにとっては真剣《しんけん》に言っているはずなのだ。

笑うのは失礼というものだろう。

「じゃあ、大人になったらもっかいする！」

「はい、お待ちしておりますね」

「やくそくだからな！　もうエフィはボクとケッコンするやくそくをしたんだから、ほかのやつとケッコンしちゃいけないんだからな！」

「くすっ。はい、わかりました」

微笑《ほほえ》ましくて、思わず笑《え》みがこぼれてしまった。

もうなんてかわいくて愛しいんだろう！

抱《だ》き締めるだけじゃ飽《あ》き足《た》らない。

ほっぺたにキスまでしてあげたいぐらいである。

「じゃあ、指切り」

言って、ノゾムが小指を差し出してくる。

きょとんとするエフィーリア。

「え？」

「なんだよ、指切り知らないのか？」

「え、えぇ。すみません」

「やくそくの時に勇斗《パパ》と美月《ママ》がやってるぞ」

「ああ、なるほど」

得心がいったように、エフィーリアは頷《うなず》く。

その二人がしているのなら、ここでもユグドラシルでもなく、天の国の風習なのだろう。

「わたしはどうすればいいいんです？　教えていただけます？」

「エフィもこゆびをだして」

「はい」

言われて差し出すと、すっとノゾムの小指をからめられる。

そしてその指をぶんぶん振りながら言った。

「ゆびきりげんまん、うそついたらはりせんぼんのーます！　ゆ〜びきった！」

「針千本っ⁉」

いきなり飛び出してきた子供らしくない不穏《ふおん》なワードに、エフィーリアはぎょっとする。

日本人ならそんなもの、言葉のあやだとわかるのだが、彼女はそういう文化で育っていない。

（て、天の国はおそろしいところです）

そんな重い覚悟で、約束を結んでいるとは！　と戦慄《せんりつ》する。

勇斗が頑《かたく》なに有言実行を旨《むね》とするのも納得であった。

「あ、あの針千本って……」

「もうゆびきったんだから、やくそくだぞ！　まもらないといけないんだぞ！」

さすがにびっくりして問い質《ただ》そうとするも、ノゾムはそう宣言して布団《ふとん》に潜ってしまう。

もう約束の変更《へんこう》修正は認めない！　という意思表示だろう。

なんかとんでもない約束をしてしまった気がする。

（まあ、でも、すぐに忘れてしまうよね）

小さい時に年上の異性に憧《あこが》れて、プロポーズしてしまう。

話にはよく聞くところである。

それだけ自分の事を好いてくれているということで、嬉しくもある。

だがその感情は、一時の気の迷いにすぎない。

年を取れば忘れてしまう、あるいは思い出すのも恥《は》ずかしい黒歴史になるもの、だ。

そもそも、自分は元奴隷《どれい》で、今も正妃付《みつき》きとは言え一介《いっかい》の侍女《じじょ》に過ぎない。

一方のノゾムはユグドラシルの民を救うために遣わされた天の民にして、シグルドリーファから神帝《テイウダンス》の地位を譲られた方の嫡子《ちゃくし》である。

今は幼くあどけなくとも、いずれ神帝《テイウダンス》の座を継《つ》ぐことを約束された、やんごとなき方なのである。

その上、年もエフィーリアが一九歳で、ノゾムは八歳。

身分も年も違い過ぎる。

周りだってきっと大反対するに決まっている。

だからこの約束が果たされることはない。

よくあるかわいらしい、幼き日の思い出。

そのお相手に選んでもらっただけでも名誉《めいよ》と思って、この胸にとどめておこう。

そんな事もあったんですよと、茶請《ちゃう》けか酒の肴《さかな》にするただの昔話の一つになる。

そう思っていたのだが――

「エフィ！　元服したぞ！」

「はい、お疲《つか》れ様《さま》でした。正装したノゾム様はとても凛々《りり》しかったです。すっかり大きくなられて……」

しみじみとエフィーリアはつぶやく。

あれから六年。

乳母《うば》として見守ってきた子だ。

身分こそ天と地ほども違うが、畏《おそ》れ多《おお》くも弟や子のような感覚も持っている。

感慨《かんがい》もひとしおだった。

「大きく、か。エフィの目から見ても俺《おれ》は大人の男になれてるか？」

「はい、ノゾム様はもう立派な大人でございます」

目に涙《なみだ》を浮《う》かべながら、エフィーリアはコクコクと何度も頷く。

自分の手から離れて巣立っていくようでちょっと心寂《うらさび》しさがないといえば嘘《うそ》になるが、やはり喜ばしいという気持ちが強い。

いつもは呑まないけど、今日ぐらいは独り部屋でワインを一杯《いっぱい》嗜《たしな》むのもいいかもしれない。

「そうか！」

ノゾムが嬉しそうに破顔する。

その笑い方や顔立ちが、父親である勇斗にやはりよく似ている。

こうしていると、当時の彼が目の前に現れたかと錯覚《さっかく》しそうになるほどである。

「じゃあ、あの時の約束、果たさせてもらうぞ」

「やく……そく……？」

一瞬、何を言われたのかわからなかった。

だがすぐに、記憶《きおく》の宝箱に大切に仕舞っておいた遠き日の思い出が脳裏《のうり》を過ぎる。

まさか？

いや、そんなはずはない。

あれは時間が経てば淡《あわ》く弾《はじ》ける、シャボン玉のような子供の時の口約束で――

「エフィ、俺と結婚してくれ」


「それでなんて答えたんです？」

ポリポリとビスケットをかじりつつ、妙齢《みょうれい》の美女が問うてくる。

他人ののろけ話なんかには興味ありません、とその気だるげな表情と声が物語っている。

だが、普通《ふつう》そんな顔をしていたら多少不細工になるものなのに、彼女はそれでもなおとんでもない美人だった。

むしろ妖艶《ようえん》な雰囲気さえ漂《ただよ》う。

ほんと美人は得だと思う。

彼女の名はクリスティーナ。

ユグドラシルの粘土板《ねんどばん》の家からのエフィーリアの親友である。

「丁重《ていちょう》にお断りさせていただきました」

「ええええええっ⁉　なんでなんで⁉　ノゾム様、いい子じゃん！　お父さんに似て格好《かっこ》いいし！」

騒《さわ》がしく声を上げたのは、クリスティーナの姉のアルベルティーナである。

容姿そのものは妹と瓜二《うりふた》つなのだが、表情の作り方が全然違うので判別はしやすい。

「まあ、もったいないことではありますね。最高の玉《たま》の輿《こし》なのに」

クリスティーナも頬杖《ほおづえ》を突きつつ、ニマニマと言う。

先程《さきほど》までの興味なさげな風とは打って変わって、楽し気である。

こういうところは昔から変わらないなぁと思う。

「だって……一回りも年が違うんですよ？」

「でもあっちは気にしないって言ってんでしょう？　問題ないのでは？」

「うんうん、問題ないない」

「あります！　あたしが気にしますよ！　こんな行き遅《おく》れ、ノゾム様には相応《ふさわ》しくありません！」

ばんっ！　と机を叩《たた》きながらエフィーリアは強弁する。

すでに自分は今年で二六になる。

これが二一世紀の日本であればむしろ結婚適齢期《けっこんてきれいき》、あるいはそんな年で判断するなど早いとさえ言われるかもしれないが、ここは紀元前一五世紀である。

その年になっても結婚していないのは、行き遅れ以外の何物でもなかった。

「そうは言ってもエフィ、あなた、けっこうな美人ですわよ？　宮廷《きゆうてい》内でも相当の人気っぷり。正室はともかく、側室ぐらいなら別におかしくないんじゃありません？」

「そんな、あたしなんて……」

「卑屈《ひくつ》も過ぎれば嫌味《いやみ》ですよ？」

「え？」

「ワタシが知らないとでも思いましたか。ヨルゲン相談役のお孫さんで、現在、政務官として出世街道驀進《かいどうばくしん》中のゲンドー殿《どの》、故ラスムス老のお孫さんで、《角《つの》》の若頭《かしら》としてメキメキ頭角を現してきたムスタファ殿、ファグラヴェール殿の従兄弟《いとこ》で新設された戦車部隊を任されたバール殿」

「っ⁉」

出てきた名前に、エフィーリアの顔が引き攣る。

「ああ、あと最近だと、辺境司令官に大抜擢されたバベル殿なんかもいましたっけ？」

「ど、どうしてそれを⁉」

その四人の名には、覚えがあった。

皆《みな》、エフィーリアにプロポーズしてきた者だった。

とは言え彼女はそれを誰《だれ》かに漏《も》らしたことはない。

相手の不名誉《ふめいよ》にもなるし、と固く口を閉ざしてきたはずだった。

「ふふっ、この宮廷でワタシが知らぬことはありませんよ」

クリスティーナが得意げに笑う。

そうだった。

エフィーリアの感覚的には、ちょっと意地悪だけどマイペースで、長い付き合いゆえに気兼《きが》ねなく何でも話せる女友達というもので、ついつい忘れそうになるのだが、彼女はこの国の諜報《ちようほう》部門を一手にまとめる才媛《さいえん》であった。

「うわお、もってもて～」

「はい、モッテモテなのですよ、この子。それで自分なんか、とか言ってましたら、宮廷の女性たちから妬《や》き殺されてしまいますよ？」

「ううっ、それを言ったらアルちゃんだってクリスさんだってすごくおモテになってらっしゃるじゃないですか⁉」

幼い頃からその美貌《びぼう》で注目されていた二人だが、大人になってそれにより一層磨《みが》きがかかっていた。

今や彼女たちは国一番の美人姉妹《しまい》と大人気で、『鋼を照らす太陽と月』なんて呼ばれているぐらいなのだ。

「ワタシたちはほら、お父様の女ですから。遠目に見て憧れてるだけ、ですよ。声をかけてくるやつなんてまずいません」

クスクスと艶然《えんぜん》と微笑むクリスティーナ。

確かに、神帝《テイウダンス》の側室に声をかける度胸のある人間は、そうそういないだろう。

ちなみにアルベルティーナは一男一女を儲《もう》けているが、クリスティーナは子供がいない。

だが本人は特に気にした様子もなく、姉の子を猫可愛《ねこかわい》がりしているらしい。

「それに引き換《か》え、エフィはまだ誰のものでもない。美人で気立てもよく、お父様の御子《みこ》の乳母としての実績も十分！　男が求める理想そのもの！」

「ううっ」

「もうほんとにモッテモテだよね！　アタシのとこにまで紹介《しょうかい》してくれ！　ってくるし」

「ううう っ」

双子《ふたご》の連携《れんけい》に追い詰《つ》められ、もはや唸《うな》ることしかできない。

「これまで特に相談もされなかったので訊《き》きませんでしたが、ノゾム様も絡《から》むとなると、訊かないわけには参りません」

こほんっと咳払《せきばら》いとともにそう前置きして、

「……はい」

「どうして誰のプロポーズも受けないのです？　皆、家柄《いえがら》も良く将来有望な方ばかりだったではありませんか」

「……あたしが元奴隷だから、です」

「やっぱりそういうことですか」

予想通りの答えだったのだろう、クリスティーナははあっと小さく嘆息《たんそく》する。

「もう一〇年以上も昔のことではありませんか。そして、貴女《あなた》はお父様の御子の乳母として皆から一目置かれるほどの存在です。なのにまだ、気にしてるんですか？」

遠慮会釈《えんりょえしゃく》もなく、ずばりと核心《かくしん》を突いてくる。

彼女のこういうズバッとしたところには憧れるが、一方で今日みたいなときは痛くもある。

だが、一方で誰かに吐露《とろ》してしまいたいものでもあった。

「……そりゃ、しますよ」

ぐっと右肩《みぎかた》を押さえつつ、絞《しぼ》り出すような声で言う。

ここにあるのだ。

どうしても消えない、奴隷だった証が。


エフィーリアが生まれたのは、《狼《おおかみ》》の族都イアールンヴィズのはるか北東、《毛皮》という氏族の町イシャである。

イシャは湖のほとりに築かれた小さな町で、遊牧民たちと商人たちが交易をする拠点《きょてん》として栄えていた。

うろ覚えではあるが、おそらくエフィーリアの父は町の有力者だった……と思う。

家屋はけっこう大きく使用人と思《おぼ》しき人も何人かいた。

エフィーリア自身、女ながら粘土板の家に通わせてもらってもいた。

父も母もとても優《やさ》しく、毎日が楽しかったことをよく覚えている。

だがそんな幸せは、一夜にして崩壊《ほうかい》することとなる。

近隣《きんりん》の遊牧氏族が攻《せ》め込《こ》んできたのだ。

「お、おとう……さん?」

エフィーリアはそれがはじめ、父だとは認識《にんしき》できなかった。

だって、首だけだったから。

「エフィ、だめ! どうして出てきたの!?」

母は見知らぬ屈強《くっきょう》な男に組《く》み敷《し》かれていた。

着ている服は前を切り裂《さ》かれ、肌が露わになっている。

「だ、だって、おかあさんの泣いている声が聞こえたから……」

そう、聞いたこともないような絶叫《ぜっきょう》だった。

それはもう喉《のど》がおかしくなるんじゃないかというぐらいの声で、父の名を呼んでいた。

恐怖《きょうふ》に満ちた悲鳴も。

隠れていろと言われたが、どうしても心配になったのだ。

「ほう、娘《むすめ》がいたのか。ひひっ、あんたに似てけっこうな別嬪《べっぴん》に育ちそうじゃねえか」

にたりと男がいやらしく嗤《わら》う。

一五年近く経った今も鮮明《せんめい》に覚えている、身のすくむような嗤いだった。

「おい、捕《つか》まえろ！」

　母を組み敷いていた男の指示で、家の中を物色していたもう一人の男が、ひひっと似たような笑みを浮かべてエフィーリアに近づいてくる。

「ひっ！」

「やめて！　娘には手を出さないで！」

「へっ、さすがにそんな酷《ひど》いことはしねえよ。俺たちにも人の心があるからなぁ」

「ほ、ほんとうに⁉」

「ああ、美人に育ちそうだからな。処女の方が高く売れる」

「っ⁉　エフィ！　逃《に》げなさい！　逃げてーっ！」

　母が悲痛な声を上げる。

　だが、あまりの怖さにエフィーリアは身体が動かない。

「いやっ！　こわい！　おかあさ、むがっ⁉」

　あっという間に捕まり、口の中に布を詰め込まれる。

「んんぅぅっ⁉　んんぅぅっ⁉」

　声も出せず、後ろ手に縛《しば》られ地面に組み敷かれる。

　逃げようともがくが、大人の男の力だ。

びくともしない。

「ひひっ、さて、お勉強の時間だ。しばらく母ちゃんの艶姿《あですがた》を見物してるといい」

そうしてエフィーリアの目の前で、代わる代わる男が母に乗っかっていく。

男が身体を揺《ゆ》するたび、母は悲鳴をあげていた。

当時はよくわからなかったが、間違《まち》いなく母は凌辱《りょうじょく》されていたのだろう。

「やめて！　おかあさんをいじめないで！」

エフィーリアは泣いて頼《たの》んだが、当然、その願いは聞き入れられるはずもなく、母娘の悲鳴は数時間にわたって響《ひび》き続けた。

それからも、エフィーリアにとっては地獄《じごく》の日々だった。

腕と首に縄をかけられ牛や馬のように引っ張られて歩かされて、見知らぬ街に連れていかれた。

確か、《灰《はい》》の族都だったと思う。

そこで氏族の有力者に母娘ともども引き渡《わた》された。

わけもわからぬままに裸《はだか》にひん剥《む》かれ、秘部も無遠慮《むえんりょ》に確認《かくにん》されて、

「うあああああっ!!　痛い痛い痛い！　おかあさんおかあさん！」

右肩に焼きごてを押された。

自分のものだ、という所有の証を。

そしてその家で、奴隷としての生活が始まった。

それはもう、酷いものだった。

子供であろうと容赦《ようしゃ》なく、朝から晩まで働かされた。

エフィーリアの仕事は、主に洗濯《せんたく》と掃除《そうじ》だ。

冬であろうと、お湯を使わせてもらえず、かじかむような冷たい水で服を揉《も》んでいた。

口答えすれば、問答無用で殴《なぐ》られた。

食べられるのはだいたい、カビの生えかけたパンや腐《くさ》りかけのクズ野菜だった。

しかも凄《すご》く少ない。

その家にいる間は、ずっとお腹《なか》が空《す》いていたような気がする。

また、その家にはエフィーリアと同じぐらいの年の男の子がいて、髪《かみ》を引っ張られたり背中を蹴《け》られたりして、いつもいじめられていた。

『お前は俺のもんだ。親父《おやじ》が大人になったらくれるっていってたからな！』

今から思い返してもぞっとする言葉だった。

「ごめんなさい。エフィ、ごめんなさい……」

母とは夜寝《ね》るときにしか会えなかったが、いつも繰り言のように謝《あやま》っていた。

そんな生活を一年ほど送ってからだろうか。

転機が訪《おとず》れた。

その家の主が病死したのを機に、奴隷商に母もろともまた売り払《はら》われたのだ。

正室の立場からすれば、自分の夫が自分ではなく他の女を抱いている時点で気分が良かろうはずもない。

そこに愛があろうとなかろうと関係ない。

女として、奴隷ごときに負けている。

その事実がプライドに障《さわ》るのだ。

だから目障《めざわ》りな女たちを残らず処分したのだろう。

それから二ヶ月ほどかけて、奴隷商人たちといくつかの町を渡り歩き――

イアールンヴィズの市で勇斗に引き取られたのだ。

正直、最初はあまり期待していなかった。

奴隷は人ではないから。物だから。

この一年ずっと、誰からもそういう風に扱《あつか》われてきたから。

でも、イアールンヴィズの宮殿《きゅうでん》に来てからは皆優《みなやさ》しくて、まるでヴァルハラみたいで。

優しくされることがどれだけ有難《ありがた》いことか、心にジーンと染《し》み入ることか、その時すごくすごく思い知らされたのだ。

少しずつ少しずつ、優しい空間の中で、トラウマが癒《い》やされ、解かされていくのが自分でもわかった。

ただどうしても、完全には拭《ぬぐ》えないものがあるのだ。

あの一年で、心の奥底《おくそこ》に、身体の隅々《すみずみ》に、刷《す》り込まれてしまったものがある。

なにより――

右肩に刻まれた、奴隷の所有印。

自分が奴隷だったことを示す忌《い》まわしき呪印が。

それがある限り、嫌でも思い出してしまうのだ。

自分が奴隷だったという事実を。

自分が人間ではなく、人間以下であったということを。


「……だから……怖《こわ》いんです。正直、男の人が」

全てを語り終え、ふぅっとエフィーリアは大きく息をついた。

この事を誰かに話すのは、初めてだった。

聞いていて、あまり気持ちのいい話ではない。

だからずっと胸の内にしまっておいたことだった。

だが、吐《は》き出したことで随分《ずいぶん》と胸が軽くなったような気もした。

きっと独りで抱《かか》えているのが嫌《いや》で、誰かに聞いて欲《ほ》しいことではあったのだろう。

「うう、エフィぃ、つらかったんだねぇぇ。かわいそう……」

だあああっとアルベルティーナがその双眸《そうぼう》から涙をちょちょぎらせる。

一方のクリスティーナは冷静そのもので、何かを思案するように眉《まゆ》をひそめ、

「ん～、でもワタシが見ていた限りあなた、普通に男の方と接してたように見えますけど？」

「仕事ならなんとか。ただ、女として見られるとダメ……です」

表面上の付き合いは、できる。

勇斗に買われたばかりの頃はそれもできず、ビクビクオドオドしていたが、もうそれもだいぶなりを潜《ひそ》めている。

だが、そういう風に見られると、途端《とたん》に脳裏に蘇《よみがえ》ってくるのだ。

男が母を組み敷いて乱暴していた光景が。

いやらしく嗤いながら自分に手を伸《の》ばしてくる姿が。

お前は俺のものだ、と下卑《げび》た笑いを浮かべる男の顔が。

もうこれは反射で、どうしようもないのだ。

「特に、その……身分もあって強い人は、だめです」

「奴隷だった時のことを思い出してしまうから、ですか」

「はい……」

「それで軒並《のきな》みプロポーズを断ってたわけですか」

得心がいったように、クリスティーナも頷く。

自分に告白してきた人が、皆、酷い人だったとは思わない。

きっといい人もいたのだろう。

今よりもっと幸せになれる可能性だって、あったに違《ちが》いない。

だが、どうしても恐怖が先に立ってしまう。

そういう目で見られていると思うと、気持ち悪いと思ってしまう。

心が、拒絶してしまうのだ。

「ん～この際だから突《つ》っ込んだことを聞きますけど、貴女、一〇代の時、お父様に淡い想《おも》いを抱いてましたよね⁉」

「ええっ⁉」

意表を突かれ、エフィーリアは素《す》っ頓狂《とんきょう》な声をあげる。

ずっとうまく隠《かく》していたつもりだったのだ。

「あれ!? そなの!?」

「ええ、うまく隠してましたけどね。間違いないかと」

「ううう っ」

「告白しなかったのは、やっぱり奴隷だったことが原因です?」

「はい、怖かったんです」

「そう」

「ああ、陛下が怖かったんじゃないんです」

「え?」

「陛下を怖がって拒絶《きょぜつ》するかもしれない自分が……怖かったんです」

エフィーリアにとって、勇斗は地獄から救い出し、その後もいつも優しくしてくれた大恩人だ。

だからこそ、怖かった。

こんなによくしてもらっているのに、彼が優しいことぐらい身近で見てきてよく知っているのに。

そんな彼を拒絶してしまうかもしれない自分が、気持ち悪いと思ってしまうかもしれない自分が、とにかく怖かったのだ。

もしそうなってしまったら、自分で自分を許せなくなる。死にたくなる。

「だから、気持ちに蓋《ふた》をしました」

そんなことになるぐらいならば、今のまま「妹」でいようと思った。

今でも優しい人たちに囲まれて、十分すぎるぐらい幸せなのだから。

奴隷の自分がこれ以上を望むなど、分不相応というものだ。

卑屈だとも、臆病《おくびょう》だとも思う。

わかっている。

それでもやっぱり、恐怖のほうが勝るのだ。

「もうそれも風化して、すっかり家族のような感じがありますけどね」

確かに憧れていた時期はあった。

だがもう感覚としては、自分にとって勇斗は、男の人というよりは、子煩悩《こぼんのう》なお兄ちゃん、お姉ちゃんたちの旦那《だんな》さん、自分が可愛がっている子供たちのパパさんあたりがしっくりくるのだ。

「ふむふむ、じゃあちなみに、ノゾム様のことも気持ち悪くなりました？」

「ええっ⁉」

いきなりなんてことを聞くのかと思った。

「そんなこと、思うわけないじゃないですか！　あの方は大恩ある陛下の御嫡男《おちゃくなん》で、小さい時からずっと自分が面倒《めんどう》をみてきた、それこそ目の中にいれても痛くないほどにかわいい……あれ？」

そこまでまくしたててから、不意に気付く。

元奴隷の自分ごときがノゾム様の妻など畏れ多い！

そんなことが許されるわけがない！　なにより自分が許せない！

と反射的に断ってしまったが、

「ノゾム様を気持ち悪い、とは感じてなかった……かも」

あの時、そういう怖気《おじけ》のようなものは、一切《いっさい》感じなかった。

今も、そうなった時の、周りからの批判や冷たい視線は怖いとは思う。

プロポーズを断った手前、会うのが気まずいとも思う。

だが、やはり彼自身が怖いという感覚はない。

やはり赤《あか》ん坊《ぼう》の頃からずっと見てきていて、その人となりをよく知っているから、だろうか？

あんなひどいことをするわけがないと、心から信じられるから？

「じゃあ、ノゾム様とのこと、考えてみてもいいんじゃない？」

あっけらかんとクリスティーナが言う。

思わず反射でぶるぶるっと首を振《ふ》ってしまう。

「ええっ⁉　そ、そんな、やっぱり畏れ多いです！」

「貴女の方が懸想《けそう》してるというのなら、分相応を知りなさいというところですが、ノゾム様のほうからお望みなのですからいいんじゃありません？」

「……いいんですかね？」

「ええ、正室ならば色々あるやもしれませんが、側室ならばなんの問題もないでしょう」

「うん、全然オッケー！」

「……そう、ですね」

言われてみれば、確かにその通りだと思った。

確かに正室が平民や奴隷という話はあまり聞いたことがないが、そういう立場の人間を妾《めかけ》にするという話は、どこにでもある。

実際、エフィーリアのかつての主人とて、そういう奴隷の妾を多数抱えていた。

遊女を店から買い取って自分の妾にした、なんて話もある。

二一世紀の現代であれば眉をひそめられそうなことではあるが、この時代においてはいたって普通、むしろ甲斐性《かいしょう》がある御仁《ごじん》と評判にさえなることだ。

エフィーリア自身としても、ノゾムの妻に望むことは、ノゾムのことを心から愛し慈《いつく》しんでくれること、である。

それができるならば、平民だろうと奴隷だろうと構いやしない。

ノゾムがその子のことが本当に好きだと言うのなら、エフィーリアは心から祝福していただろう。

……祝福？

「あの……でも正直あたし、これまでノゾム様のことをそういう目で見たことがなかったんですけど」

嫌悪《けんお》や忌避《きひ》はないが、同時に恋愛《れんあい》感情も全くない、というのが正直なところだ。

男というよりはやはり、エフィーリアの中ではかわいい弟なのだ。

祝福できるというのがいい証拠だろう。

「別にいいんじゃありません？　女は愛されたい生き物、ですから。好きと言われてから、そういう事を意識しだすようになった、なんて話、市井《しせい》には山ほどありますよ」

「……そういうものですか」

「そういうもんなの？」

「ええ、そういうものです。だから、この機会にゆっくり確かめてみてはいかがですか？」

「確かめて、ですか？」

何をだろう？

あるいは、何のことだろう。

色々ありすぎて頭がぐるぐるして、いまいちぴんと来ない。

「ノゾム様を男として見れるかどうか」

「っ!?」

「貴女にとってもいい機会だと思いますよ」

クリスティーナがくすっと笑いながら言う。

他人事だと思って！

そう思いはしたが、でも彼女《かのじょ》の目はからかっているようでどこか優しかった。

「まあ、とは言えノゾム様は皇太子。その結婚《けっこん》はもう政《まつりごと》と言えます。ノゾム様の一存でどうにかなるものでもありません。一度、お父様に相談なさってみては？」

一方その頃《ころ》――

「うがああ！　まさか振られるとか思ってもいなかった！　嘘だろぉぉっ！」

宮廷の一室では、ノゾムがベッドでひたすら悶《もだ》えていた。

年は数えで一五歳《さい》になる。

父母譲《ゆず》りのつややかな黒髪《くろかみ》の少年である。

父母の遺伝と栄養状態からか、この時代の平均身長よりかなり高く、また幼少の頃からジークルーネの指導を受けているからか体格もがっちりしている。

実際、ジークルーネいわく「現時点でも親衛騎団《ムスッペル》に入れる程度《ていど》はある」と、太鼓判《たいこばん》を押《お》すほどの戦闘《せんとう》能力の持ち主である。

そんな人間がベッドで枕《まくら》に顔をうずめて足をじたばたさせているのだから、シュールといえばシュールな光景だった。

「自信満々に、絶対受けてもらえるとか言ってたのにねー」

そう言ってニヤニヤと笑ったのは、腹違《はらちが》いの一つ下の弟ルングである。

勇斗とフェリシアの子で、今は亡《な》き二人の弟分から名前をもらったらしい。

今はもうない西方にあったという大陸ユグドラシル。

そこでの大戦で何度も《鋼《はがね》》の危機を救った英雄《えいゆう》だとか。

「『エフィが結婚しないのは、約束を信じて俺を待っていてくれるからだ』……だっけ？」

「うがあっ！　殺す！」

ベッドから起き上がるや飛び掛《か》かる。

ひらりとルングは後ろに飛び退《の》くが、逃《のが》さない。

この辺りの一歳の違いが生む体力の差は大きい。

あっという間に首に腕《うで》を回して固定し、そのこめかみに拳骨《げんこつ》を当ててグリグリする。

「痛い痛い！　マジ痛いって！　ごめん！　からかったのは謝るから！」

「ふんっ」

とりあえず謝ったので、これぐらいで勘弁《かんべん》して離《はな》してやる。

「ひどいなぁ。事実をありのままに言っただけなのに、理不尽《りふじん》だよ」

乱れた金髪《きんぱつ》を直しながら、ルングがぶーたれる。

顔立ちが整っているからか、そんな様子さえ、どこか品があって様になる。

このいかにも貴公子然とした風貌《ふうぼう》からか、宮廷の女官たちにも大人気なのだ。

それがまたムカつく。

もしかしてエフィーリアも、自分よりこっちのほうが好みだったりするのだろうか。

「（もぐもぐ）で、どーすんの？　諦《あきら》めんの？」

果物を頬張《ほおば》りながら、興味なさげに問うてきたのはミライ。

ノゾムの双子の妹である。

双子ではあるが、ノゾムは父似、ミライは母似であまり似てはいない。

性格もノゾムが猪突猛進《ちょとつもうしん》、思いついたら即《そく》行動なところがあるのに対し、ミライはのんびりマイペース、家でごろごろしているのが大好きと真逆である。

「諦めるわけねえだろ！」

間髪入《かんはつい》れずにノゾムが返す。

物心ついてからずっと想ってきたのだ。

一度、振られたぐらいで諦める程度の思いならば、もうとっくに風化して昔の思い出になっている。

「では、対策を練るしかないな、兄者。孫子曰《いわ》く『算多きは勝ち、算少なきは勝たず』だ」

そう言ったのは銀髪《ぎんぱつ》の少女である。

彼女の名はウィズ。

ノゾムの二つ下の妹だ。

ちなみに名前の由来は、これまた父親や母親の師匠《ししょう》から拝借したものだそうだ。

「失敗したということは、その辺りの兄者の勝算をしっかり積めなかったということだ」

「いや、それ戦の話だろ。恋愛とはまた違うというか」

「父上は孫子の兵法は万事《ばんじ》に通ずると仰《おつしや》っていた」

「うっ」

「また孫子曰く『彼を知り己《おのれ》を知れば百戦殆《あやう》からず』と。敵というのは語弊《ごへい》はあるが、兄者はエフィのことも、自分がエフィからどう見えているかも、きちんと把握《はあく》できていなかったと思う」

「ううっ」

「ちなみにわたしから見たエフィの兄者を見る目は、男ではなく弟だ」

「ぐふっ！」

容赦ない言葉の刃《やいば》の乱撃《らんげき》に、ノゾムは思わず唸る。

ルングのように冗談《じようだん》やからかいが一切ないだけに、なおさら痛い。

正論は時に暴力になるのだ。

この辺りは、本当に母親であるジークルーネによく似ている。

継《つ》ぐのは美貌だけでいいのに、そんなところまで似なくていいと思う。

「まあまあ、その辺にしておいてあげなよ。もう兄さんの耐久力《たいきゆうりよく》はゼロだよ」

苦笑《くしよう》とともにルングが割って入ってくる。

正直助かる。

この辺りの仲裁《ちゅうさい》というか空気の読み方は、母親譲りなのだろう。

「ルングの兄者は甘《あま》い。ノゾムの兄者は父上の跡《あと》を継ぎ、神帝《テイウダンス》になる身。この程度で打ちのめされるようでは先が思いやられるぞ」

「別に俺《おれ》が継ぐ必要はねえだろ。父上の子はいっぱいいる。それこそルングや、なんならウィズ、お前が継げばいい。うん、それがいいな。見栄《みば》えもいいし」

名案とばかりにノゾムはうんうんと頷《うなず》く。

多くの者が羨《うらや》む神帝《テイウダンス》の地位であるが、ノゾムからするとひたすら面倒くさいもの、でしかない。

いつも父は朝から晩まで仕事して、重い責任を背負っている。

家族といる時でも、眉間《みけん》にしわを寄せ難しい顔をしていることが少なくなかった。

常に民の事を思い、頑張《がんば》っているのに、一部の重臣を除いては、民からの評判は最悪である。

とてもじゃないが、やってられない仕事だとつくづく思う。

誰かに代わってもらえるなら、ぜひとも代わってもらいたいところだった。

「僕《ぼく》はいいかな。その下で補佐するぐらいが向いてるよ」

「無茶《むちゃ》を言うな。そもそも公式には、先帝《せんてい》シグルドリーファ様の血を引いているのはノゾムの兄者だけということになっている。他の兄弟では代われん」

現神帝《ティウダンス》である勇斗は、神帝《ティウダンス》の血を引いていない。

あくまで先帝シグルドリーファの旦那として、中継《なかつ》ぎとして代行しているという立場だ。

そして現在、唯一《ゆいいつ》その血を引いているとされるのがノゾムである。

が、

「俺だって引いてねえっての」

唇《くちびる》を尖《とが》らせつつノゾムはぼやく。

多分に政治的な理由から、シグルドリーファから生まれたことにしておいたほうが都合がいいから、そうなっただけだ。

自分の母親は美月であり、会ったこともない顔も知らないシグルドリーファなどという女性ではない！

しかもそれが理由で、めんどくさくて責任だけはクソ重い玉座に座《すわ》ることが義務付けられてしまった。

《鋼《はがね》》は、誓杯《ちかはい》制度は、実力主義ではないのか！

俺は親のコネではなく、自分の力でのし上がりたい！

親に敷かれた石畳《いしだたみ》の道を歩むしか選択肢《せんたくし》はないのか⁉

他の弟たちは皆、ある程度自由に自分の進路を決められているというのに！

自分にだって剣《けん》の道を極《きわ》め『最も強き銀狼《マーナガルム》』になりたいという夢があるのに、試《ため》すことさえできない。

そういう納得《なっとく》のいかない気持ちが、ずっとノゾムの心に燻《くすぶ》っていた。

「だいたいエフィが断ったのだって、神帝《それ》のせいかもしれないし。ほんと鬱陶《うっとう》しいわ」

「（ばりばり）いや、さすがにそれはなくね？　夫が神帝《テイウダンス》なら贅沢三昧《ぜいたくざんまい》じゃん」

今度はビスケットを頬張りながら、ミライは言う。

ほんとにいつ見ても、彼女は何かを口にしている。

どうして太らないのか不思議である。

「そりゃお前はそう思うかもしれないけどな。でも、エフィはそのへん、変に気にして恐縮《きょうしゅく》しそうなんだよな」

エフィーリアが元奴隷《どれい》ということは、人伝《ひとづて》に聞いた。

もう給金で自分を買い取り、自由の身であるとも。

だがやはり、その出自を蔑《さげす》む人は宮廷《きゅうてい》内にも少なからずいる。

そしてエフィーリア自身、その辺りを随分気にしている節があった。

だから自分との身分差に尻《しり》ごみした、というのは十分に考えられる原因である。

……そうであったらいいなぁというノゾムの希望も大いにあるが。

「まあ、確かに正室となると、エフィでは色々問題はあるね。年齢《ねんれい》も出自も」

うんと頷きつつルングが言う。

「そうなんだよな」

「でも、兄さんはエフィ以外はいや、なんだよね？」

「そうだ」

きっぱりと言い切る。

自分で言うのもなんだが、ノゾムはモテる。

宮殿を歩けば、数多《あまた》の女からモーションをかけられたし、重臣たちから娘や孫を紹介されることも数え切れないほどある。

だがそれは皇太子としての自分に対して、だ。

後ろにある権力とか財力を見て、であって、ノゾム自身を見ているわけではない。

だがエフィーリアは違う。

彼女は自分をきちんと見て、ちゃんと叱ってくれた。

そんなことをするのは、父の妻たちを除けば、彼女ぐらいである。

他の者たちは皆《みな》、自分に父の影《かげ》を見てかしずき、口ごもってしまう。

自分にはいずれ強大な権力が望むと望まざるとにかかわらず転《ころ》がり込んでくる。

そうなった時に、きちんと悪いことは悪いときっちり叱ってくれる人が、そばにいてほしかった。

そうじゃないと気づかぬうちに暴走してしまいそうで、怖い。

なにより――

「俺はエフィが好きだから。彼女以外考えられない」

そう、もはや理屈《りくつ》ではない。

ずっとずっと、彼女が大好きだった。

子供の頃からずっと、他の誰《だれ》にも渡したくないと思っていた。

弟妹《ていまい》たちにさえ渡したくなくて、嫉妬《しっと》しまくったものだ。

自分だけのものにしてしまいたい。

でも、それは権力によってでは意味がない。

誰よりも大切なひとだからこそ、誰よりも幸せになってほしい。

幸せにしてあげたい。

だからこそ――

彼女の意思で、自分を選んで欲しかった。


「へえ、元服するやプロポーズしたのか。やるなぁ、あいつも」

それがエフィーリアの相談に対する、勇斗の第一声だった。

特に困った様子もなく、むしろ楽し気であり、暗に息子《むすこ》を褒《ほ》めているような雰囲気《ふんいき》さえあった。

「エフィに気があるのはもうバレバレだったからな。まあ、一足飛びにプロポーズまでするとは思わなかったが」

「そこはやっぱり勇くんの子だねぇ」

美月もニコニコと微笑《ほほえ》みながら言う。

彼女も不快な様子はなく、嬉《うれ》し気《げ》である。

さすがに混乱する。

絶対に反対される、あるいは難しい顔をされるとばかり思っていたのだ。

「あ、あの、でも、皇太子の結婚は政《まつりごと》ですよね？　あ、あたしなんかでは……」

「いや、全然かまわないぞ。もちろん、エフィがあいつなんかでいいって言うなら、だが」

恐《おそ》る恐る問うも、勇斗はあっけらかんと了承《りようしよう》の言葉を告げる。

しかも、あいつなんかって、完全にあべこべだと思う。

相応《ふさわ》しくないのはどう考えたって自分ではないか。

「そう、なのですか⁉　問題じゃないんですか⁉」

「問題があるかと言えばあるが、まあ、大した問題じゃない。どうとでもしてやるさ、可愛《かわい》い息子と妹分の為《ため》だし、な。それに丁度いい時期でもある」

頼もしげに、ニッと自信にあふれた笑《え》みを浮《う》かべてみせる。

これまでもとんでもない危機苦難の数々を解決してきたひとだ。

齢《よわい》三〇を越《こ》え、王として円熟の域にあるこの人にとっては、本当にこの程度の事は大した問題ではないのかもしれない。

「そうだね、それはもう勇くんがなんとかしてくれるよ。だから、大事なのは二人の、うん、ノゾムはもう決まってるんだから、エフィの気持ちかな」

美月も同意しつつ、エフィーリアを見つめてくる。

「あたしの、ですか？」

「そうだ。あいつのことを男として見れないってんなら、断ってもいい。それで仕事をクビにするなんてこともないし、居づらいってんなら配置替《が》えもしよう。だから、俺たちに遠慮《えんりょ》せずに、お前の好きにしたらいい」

「は、はあ……」

なんというか、まるでピンとこなかった。

神帝《テイウダンス》に、神帝《テイウダンス》の正妃《せいひ》に、皇太子。

どう考えても、立場的に自分が圧倒的《あっとうてき》に下の存在だ。

なのに、決定権が自分にあるという。

意味がわからなかった。

「どうしてそこまで、あたしに配慮《はいりょ》してくださるんですか？」

「決まってる。俺はノゾムにも幸せになってほしいが、エフィにも幸せになってほしいからだ」

「そういうことよね」

うんうんと美月もうなずく。

「陛下……美月様……」

感極《かんきわ》まり、目に涙《なみだ》がにじむ。

ここまで分不相応に想ってもらえて、こんなに優《やさ》しい上司に恵《めぐ》まれて、自分は本当に果報者だと思った。

「はあ……どうするべきなのかな、あたしは……」

勇斗の部屋を辞し、帰路につきつつ、エフィーリアは途方《とほう》に暮れたようにとぼとぼと歩いていた。

二人の気持ちは本当に嬉しかった。

なんとなくだけど、エフィーリアとノゾムが結ばれることを望んでいるようにも感じた。

だから、その期待に応えてあげたいとも思う。

でも、自分で選んでくれ、と言う。

これがなんとも難しい。

自分は果たして、どうしたいんだろう？

ノゾムとどうなりたいんだろう？

全然わからない。

だってそんなこと、今まで一度たりとも考えたことはなかったのだから。

「お二人が決めてくだされればいいのに……」

僭越《せんえつ》だが、どうしてもそんな風に思ってしまう。

それなら、唯々《いい》諾々《だくだく》と従えるのに。

大したことはない、と勇斗は言ったのだが、やはりエフィーリアからすれば、皇太子の結婚は国の今後に関わる一大事である。

そんなものを、一介《いっかい》の女官に過ぎない自分が決めろと言われても困ってしまう。

「そもそもわたしはどうなりたいんだろう？」

正直な気持ちを言えば、今のままがいい。

今の関係のまま、姉と弟のように、あるいは少し年の離れたご近所の幼馴染《おさななじみ》みたいな関係でいられれば、それが一番いいように思う。

だがもう、そういうわけにはいかない。

自分とノゾムの今までの関係は壊《こわ》れてしまった。

もう元には戻《もど》せない。

受ければ当然そういう仲になるし、断ってもやはりどうしてもギクシャクしてしまうだろう。

昔に戻れればと強く想うが、時間は未来にしか流れない。

「……断るべき、なのかな？」

やはり自分には次期神帝《ティウダンス》の正妃など荷が勝ちすぎていると思う。

神帝《テイウダンス》の正妃ともなれば、ただ夫の世話をしていればいいというものでもない。

神帝《テイウダンス》の後宮を掌握《しょうあく》し、統治する度量が求められる。

また、重臣や外国の要人などを女主人として差配・歓待《かんたい》する器量も求められる。

このあたりを美月は、ポヤポヤしているようで、そつなくどころか素晴《すば》らしい水準でこなしているのだ。

あれこそ、生まれながらの女王だと思う。

「うん、やっぱり断ろう」

心を決める。

あんなのとても自分には無理だ、と思った。

美月ほどの人は難しいとしても、他に相応しい人はきっといる。

そのひとに任せるのが国のため、ひいてはノゾムのためになるだろう。

「……でも、そうなったらやっぱりもう、ノゾム様とは今までのように話せないのかな？」

心を決めた途端、そんな不安が、心に込《こ》みあがってくる。

我《わ》がままとは思うが、それも絶対に嫌だった。

だって彼《かれ》は、エフィーリアに生きる意味をくれた特別な人なのだから。

勇斗に買われて以来ずっと、エフィーリアは申し訳ないと思っていた。

勇斗には母ともども救ってもらい、いくら感謝してもし足りず、足を向けては眠《ねむ》れないとはこのことである。

だが一方で、自分には何も返せないことがコンプレックスでもあった。

勇斗の周りには、それこそ人並外れた能力でもって彼を助ける女性が幾人《いくにん》もいる。

それに比べ、自分のしていることは、掃除《そうじ》、配膳《はいぜん》、料理の手伝い、買い物、そして子供たちの世話。

他の人たちと一緒《いっしょ》にする、言い換《か》えれば他の誰にでもできる仕事だ。

しかもそれでさえ、けっこうな給金をもらっている。

これでは全然、恩を返せていない。

もらったものに対して、釣《つ》り合いが取れていない。

かといってじゃあ、他に何ができるのかといっても、何もできないのだ。

それこそ寝床《ねどこ》に侍《はべ》ることさえ。

当時の自分はまだ子供で身体も小さくて、勇斗の周りにいる美女たちと比べれば、容姿も平凡《へいぼん》で身体も貧相《ひんそう》で、これではとてもご満足いただけるわけがない。

本当に自分には何もない。

いつか機会があれば返せばいいやと開き直れればよかったのだが、生真面目《きまじめ》なエフィーリアにはそれもできず、ただただ罪悪感に圧し潰《つぶ》されていたのだ。

転機が訪《おとず》れたのは一八歳の時。

新天地に移り住んでから六年近く経《た》ったある日のことだ。

「うえーい！」

「きゃあっ！」

ノゾムが世話係の女官の尻を蹴《け》り飛ばす。

当時まだ七歳とは言え、身体も大きく、勢いもついていたので女官は前のめりに倒《たお》れる。

それだけに飽《あ》き足《た》らず、その背中にぴょんっと飛び乗る。

「ほれ、うま！　はしれはしれ！」

パァン！　と女官の尻を平手で打つ。

「は、はい」

女官は言われるがままにノゾムを乗せたまま部屋を四《よ》つん這《ば》いで歩き始める。

「おそい！　もっとはやくはしれ！　うまだろう！」

さらにパンパンッと尻を叩《たた》く。

「は、はい」

「はい、じゃなくてうまはヒヒーン！」

「ヒヒーン！」

なんとも哀《あわ》れである。

もう女官は羞恥《しゅうち》で泣きそうな顔をしていた。

その場にはエフィーリアをはじめ、五人ぐらいの女官がいたが、誰もノゾムを諫《いさ》めようとはしない。

当然だ。

彼は皇太子なのだから。

注意などしようものなら、恨《うら》みを買おうものなら、いったいこの先どうなることか。

皆、それを恐れ、唯々諾々と従っていた。

子供は存外、賢《かしこ》くずるいものである。

勇斗や美月が見ていれば当然怒《おこ》られるが、他の者だけの時は怒られない。

そういうのをしっかり見抜《みぬ》く。

そして理性がまだ育っていない分、欲望に忠実だ。

逆らわない大人には自分は偉《えら》いと錯覚《さっかく》して、調子に乗って横暴になっていくものなのだ。

この程度ならば、まだ子供の悪ふざけで済むと言えば済む話だったのだが、その日は違《ちが》った。

「うーん、あきた。おなかがすいた。おい、なにかもってこい」

部屋を何周かさせてから、ノゾムは女官の背中から飛び降り、別の女官に命令する。

女官が慌《あわ》てて果物の皿を運んでくる。

だがその女官はまだ新人で、ノゾムの好みをよく知らなかった。

「ぼくはぶどうはきらいだってしってるだろ！」

ノゾムは癇癪《かんしゃく》を起こし、その皿を女官の顔に投げつけたのだ。

がしゃあああん！

女官はとっさにしゃがんで事なきを得たが、皿は壁《かべ》に当たって粉々に砕《くだ》け散る。

「なんで避《よ》けるんだよ！」

理不尽にさらに怒《いか》り、近くにあった積み木を拾おうとする。

それを見た瞬間《しゅんかん》、エフィの脳裏《のうり》に蘇《よみがえ》ったのは、かつての主人とその息子の醜悪《しゅうあく》な笑い顔だった。

このままでは彼もああなるかもしれない。

そう思ったら、身体が勝手に動いていた。

「ノゾム様」

パァン！

他の女官たちが立ち竦《すく》む中、ノゾムに歩み寄るや、その頬《ほお》を思いっきり……というほどではないが、けっこうな力をこめてはたく。

ノゾムは一瞬《いっしゅん》、何が起きたのかわからないようだった。

だが、すぐにじわっとその目に涙が浮かび、

「うわあああああん！」

大声をあげて泣き出してしまう。

勇斗や美月の前では甘えっこで悪さもせず、叱られることもなかった彼にとっては、初めて誰かにはたかれた瞬間だった。

よっぽどショックだったのだろう、痛かったのだろう、それはもう凄《すご》いギャン泣きである。

周りの女官たちがおろおろとして彼に駆《か》け寄ろうとするが、エフィーリアはそっとそれを手で制し、

「あたしが責任を取ります。今は彼に近づかないでください」

毅然《きぜん》と言い切る。

そう今が、恩返しの時だと思った。

他の誰も、ノゾムの立場を恐れて叱ることが出来ない。

だがそれでは、彼の為にはならない。

たとえ彼に嫌《きら》われようと、この件で皇室侮辱罪《ぶじょくざい》で刑《けい》に処されようとも構わなかった。

この命ぐらいしか、エフィーリアには捧げられるものがないのだから。

今の彼は、誰かに叱られるべきだから。

そうしてもらえないのはきっと、不幸だと思うから。

「痛いでしょう、ノゾム様?」

たっぷり五分ほども泣き叫《さけ》び、ようやく落ち着いてきたあたりで、エフィーリアはすっとノゾムの前で膝立《ひざだ》ちになり、目線を合わせて言う。

「……(こく)」

無言でうなずくノゾム。

それを確認《かくにん》してから、

「でも、あの皿が当たっていれば、あの子はもっと痛かったに違いありません。もしかしたら顔に一生の傷が残っていたかもしれません」

「これ、より……?」

「はい、断然はるかに痛いです」

言って、近くにあった積み木を拾い、
ガァン！

近くにあった机に思いっきり叩きつける。

衝撃《しょうげき》と痛みが手に走るが、我慢《がまん》。

あえて冷静な表情を作りつつ、続ける。

「試してみますか？」

「いい！　いらない！　しなくていい！」

ブンブンっと怯《おび》えたように、ノゾムは首を左右に振《ふ》る。

エフィーリアも頷き、

「はい、痛いのはお嫌《いや》ですよね？」

こくこく。

「ノゾム様がお嫌なように、みんなも痛いのは嫌です」

「っ⁉」

ノゾムがはっとした表情になる。

子供というものは、自分の体感から相手のことを推測するという能力がまだまだ未熟である。

彼は今ようやく、相手の痛みに思い至ったのだ。

「だから、皆をいじめてはだめです。痛いことばかりするひとは、嫌われます。あたしはノゾム様が皆から嫌われるような子に育ってほしくありません」

「……うん」

こくりとノゾムは真剣《しんけん》な表情で頷く。

もう大丈夫《だいじょうぶ》と思った。

その後、事の顚末《てんまつ》を息子から聞いたらしい勇斗に呼び出され、

「よく叱ってくれたな。感謝する。ありがとうな、エフィ」

深々と頭を下げられた。

皇太子に手をあげたのだ。

死刑《しけい》にされても文句は言えないと思っていただけに、恐縮してしまう。

「そんな、陛下……」

「急ぎクリスに聞き込み調査をやらせたんだが、随分《ずいぶん》横暴なガキになってたみたいだな。不肖《ふしょう》の息子が迷惑《めいわく》をかけた。すまない」

もう一度、頭を下げられる。

神帝《テイウダンス》なのに、この国で一番偉いのに、自分なんかに簡単に頭を下げる。

いつもながら、本当に不思議な人だと思う。

「俺たちの監督《かんとく》不行き届きではあるんだが、難しい問題でもある。やっぱみんな、遠慮しちゃうよな、あいつには」

嘆息《たんそく》とともに、苦々し気に勇斗が笑う。

どこか疲《つか》れたような、申し訳なさそうな顔である。

「確かに、そうですね。どうしても……」

「ああ、あいつもそれがきっと、寂《さび》しいんだろう。それでついつい周りに当たり散らしてしまう。もちろん、許すわけにはいかないんだが、そうしたくなる気持ちもわからないでもない」

すっと遠くを見るように、勇斗が寂しそうに笑う。

彼もまた、神帝《テイウダンス》として他の人とは一線を画した「特別」な場所にいる。

そのつらさを知っているからこそ、息子の痛みもわかるのだろう。

「とは言え生まれは変えられない。あいつは望むと望まざるとにかかわらず、俺の息子としての人生を歩まねばならない」

「そう、ですね……」

人は自分以外の何者にもなれない。

どんなにこいねがっても、羨んでも、別人になることはできないのだ。

「だから、あいつの、いや俺の子供たちのそばに、お前のような人間がいてくれたことを嬉しく思う」

「えっ⁉」

意表を突《つ》かれた言葉だった。

自分はどこにでもいる平凡な、特別なことは何もできない人間だと思っていたから。

こんな風に言われるとは思ってもみなかったのだ。

「お前をノゾムの専任乳母《ナニィ》に任命する。これからもあいつが悪いことをしたら、遠慮なく叱ってやってくれ。俺たちももちろんしっかり叱ってやるつもりだが、子供には親以外にもそういう人間が必要だ。特にあいつには、な」

「は……はいっ！」

その後、勇斗は他の世話係たちにも、叱って構わない旨《むね》を伝えたが、やはり神帝《ティウダンス》の子ということで、皆委縮してしまい、叱ろうとする者は出てこなかった。

むしろこの一件があったからだろう、そういう役をエフィーリアに回してくるようになった。

嫌な役をやらせちゃってごめんねと、同僚《どうりよう》たちは言うが、エフィーリアはむしろ嬉しかった。

自分にしかできない役目がある。

これでようやく大恩ある勇斗に報《むく》いることが出来る！

自分のようなものがここにいていいのだろうか。

ずっとずっと悩《なや》んできた。

だがようやくわかったのだ。

自分はノゾムの世話係をするためにここにいるのだ、と。

まさにこの時に、エフィーリアは自分の生きる意味を見つけたのだ。


「少しは御恩《ごおん》を返すことができたのかな」

中庭でベンチに腰掛《こしか》けて空を見上げつつ、エフィーリアはつぶやく。

勇斗直々に頼《たの》まれてからずっと、エフィーリアはノゾムにとって「口うるさい目の上のたんこぶ」を演じてきた。

嫌われても、疎《うと》まれても、恨まれても構わないと覚悟《かくご》して接してきたが、意外にも彼は他の世話係たちよりエフィーリアに懐《なつ》いてくれた。

真心をもって接しているのが伝わったのかもしれない。

ノゾムもあの平手打ちの一件以来、人が変わったように他人を労《いた》われる優しい子になってくれた。

弟妹たちの世話も、率先《そっせん》して手伝ってくれるようになった。

一度目のプロポーズには驚《おどろ》いたけれど、自分に心を開いてくれたみたいで、とても嬉しかったのを覚えている。

それから色々あった。

苦しいこと、つらいこと、大変なこと、忙《いそが》しかったこと。

本当に色々。

でも――

「楽しかったなぁ」

これまでの日々をまとめると、その言葉が一番しっくりきた。

癖《くせ》はあるけど皆とてもいい子に育ってくれて。

日々成長していくノゾムの姿が楽しくて可愛くて嬉しくて、日々癒《いや》された。

そんな日々の中で、いつの間にか恩返しのことなんて忘れていた。

ただこの子と一緒にいたい。

この時間がずっと続けばいい。

そう無意識に思うようになっていた。

「でも、いつまでもこのままってわけにはやっぱりいかないよね」

時間は絶えず進んでいる。

ノゾムは元服、すなわち大人になった。

政治や農業にも造詣《ぞうけい》が深くリネーアも先日褒めていたし、剣の腕《うで》や兵法もジークルーネからお墨《すみ》付きをもらっている。

まだ若干《じゃっかん》調子に乗りやすく勇み足なところはあるが、若いし愛嬌《あいきょう》の範囲《はんい》だろう。

家臣たちからも概《おおむ》ね評判がいい。

それはとても喜ばしいことで、達《たっ》成感もある。

感無量といった感じだ。

だが一方で寂しさや空虚《くうきょ》さも感じていた。

もう自分の役目は終わったのだ、と。

ずっとノゾムの成長を生きがいにしてきただけに、それが生きる意味だっただけに、それがなくなってしまってぽっかり心に穴が空いた感じだ。

「けど、うん、そうだなぁ。やっぱり、そばにはいさせてほしいなぁ」

これが男女の恋慕《れんぼ》かと言われれば、おそらく違うと思う。

話に聞くような、狂《くる》おしく燃え上がるようなものがない。

かつて勇斗に感じたような、心がふわふわドキドキして、世界が色づくような感覚もない。

ずっと長く一緒にあった何かがなくなる。

そんな不安、寂寥感《せきりょうかん》の方がしっくりくる。

「ノゾム様もこういう気持ちなのかな？」

だとすれば、それは自分同様、恋《こい》ではないような気がする。

それは甘《あま》えだ。

自分もノゾムも、お互《たが》いから巣立たないといけないと思う。

勇斗に言って、遠方に異動させてもらうのもいいかもしれない。

双子《ふたご》の父のボドヴィッドのところなど、双子を通じて面識があるし、いいかもしれない。

「エフィ！　こんなところにいたのか！」

そんなことを考えていると、目の前にノゾムが現れる。

随分探し回ったのか、肩《かた》で息をしていた。

やれやれと思う。

こんなことをするなんて、まだまだ頼《たよ》りない。

やっぱり自分がついていてあげないと、とも思う。

だが、これを最後の奉公《ほうこう》にするべきなんだろう。

「駄目《だめ》ですよ、ノゾム様。皇太子殿下《でんか》ともあろう方が、そんなに宮廷を慌てて走り回っては。威厳《いげん》がなくなります」

人差し指を立て、めっと言い含《ふく》めるように言う。

何かの折に、勇斗から聞かされたことだ。

大将たるもの、常に悠然《ゆうぜん》として泰然自若《たいぜんじじゃく》としていなければならない、と。

そうでなければ、皆が不安になるから、と。

年相応と言ってしまえばそれまでなのだが、ノゾムのこの落ち着きのなさは、少しだけ心配だった。

「うるせえ、知るか。人生の一大事にそんなのんびりしてたら逆に機を逸《いっ》する。ウィズ風に言えば『兵は神速を尊ぶ』だ」

「そ、それは戦の話では？」

「恋愛《れんあい》なんて戦みたいなもんだろ。それに俺《おれ》にとっては、他の家臣にどう思われるかなんかより、エフィのほうが大事だ」

ドクンッ！

自分の目をしっかり見つめ言い切るノゾムに、エフィーリアの胸が大きく高鳴る。

「こ、皇太子殿下が、女にうつつを抜《ぬ》かして政《まつりごと》をないがしろにしては国が傾《かたむ》きましょう」

口ではそう言いつつも、不覚にもキュンと来てしまったのが自分でもわかった。

だってやっぱり、それぐらい自分の事が大事だなんて、女として嬉しくないわけがないではないか。

「逆だな。お前以外の女じゃ、国を傾かせてしまう。お前なら、俺がもしも悪い方向に行ってしまったら、きっちりほっぺたはたいてくれるだろう？」

「なんですか、そんな理由は……。聞いたこともないです」

「そうか？　選ぶならそういう女を選べ、と父上も仰《おつしや》っていたぞ。父上の周りにはそういうひとがいっぱいいるみたいだが、俺の周りにいるのはお前だけだ」

「あたしだけ、ですか。でもそんなの、別に結婚《けつこん》しなくたってできるでしょう？　お望みならば、これからだって諫言《かんげん》いたします」

「別に諫言が欲《ほ》しいんじゃない。ああ、なんか順序があべこべだな。そんなのは所詮《しよせん》、後付けだ」

ガシガシっと困ったように、ノゾムは頭をかきむしり、心を落ち着けるようにすーはーすーはーと深呼吸する。

そして再びエフィーリアの目をじっと見つめて言った。

「お前が好きだから、お前が欲しいから、お前を俺だけのものにしたいから、結婚してほしいんだ」

「〜〜〜〜っ！」

ど直球の告白に、エフィーリアは言葉に詰《つ》まる。

顔がとにかく熱い。

（ああ……ノゾム様も男の人、なんだ……）

それはもちろん、男であることは知っていた。

だが、それはあくまで頭でそう理解していただけで、体感としてはあくまで「男の子」だったのだ。

家族ではなく異性なのだと、まさにこの時初めて、エフィーリアは認識《にんしき》したのである。

（でも、うん、やっぱりノゾム様なら気持ち悪くならない）

女として求められているのに、まるで不快さがない。

だって手塩にかけて育てた自慢《じまん》の男の子なのだ。

酷《ひど》いことをしない事は、誰よりも一番わかっている。

怖《こわ》いわけがなかった。

「それにさ、もう俺たち一五年、一緒にいるわけじゃん。なのに飽きるどころか、エフィにはずっと一緒にいてほしいって思ってるんだ」

「そ、そうなんですか」

その言葉に、ドキドキと痛いぐらいに心臓が高鳴る。

さっきまで全然意識していなかったのに、意識した瞬間、彼の言葉が嬉しくて仕方ない。

「ああ、だって結婚したら死ぬまで一緒にいるんだろ。エフィとならずっと、仲良くいられるって確信があるんだ」

そう言ってはにかむ。

惚《ほ》れてしまえばあばたもえくぼというか、もう駄目だった。

元々かわいいと思っていたが、もう前以上にかわいく、かっこよく感じてしまう。

さっきから胸の高鳴りが全然収まってくれない。

鼓動も速まるばかりだ。

「最初のプロポーズの時は、こういう俺の気持ち、全然伝えられなかったからさ。どうしても伝えたかった。フラれた男が未練がましいって思うんだけどさ。諦《あきら》めたくないんだ」

「……そ、そんなにあたしのことが好きなんですか？」

騒《さわ》ぎ立てる胸をぐっと押《お》さえて、おずおずと問う。

「ああ、好きだ」

「～～～～っ！」

間髪《かんはつ》入れずの即答《そくとう》。

もう駄目だった。

認めざるを得ない。

現金だと思うが、自分もどうやら恋に落ちてしまったらしい。

確かにクリスティーナの言う通りだった。

ここまで真摯《しんし》に熱烈《ねつれつ》に好意をぶつけられたら、意識せざるを得ない。

元々憎《にく》からず、思っていたのだから。

『貴女《あなた》にとってもいい機会だと思いますよ』

そんな彼女《かのじょ》の言葉が思《おも》い浮かぶ。

ああ、まさしくその通りなのだろう。

勇斗も好きにしたらいいと言っていた。

エフィーリアはごくりと唾《つば》を呑《の》み込み心を落ち着かせてから、

「そう、ですね。あたしも好きですよ。ノゾム様のこと」

一言一言、噛《か》み締《し》めるように言う。

口にすると、改めて思った。

自分は今、ノゾムのことを男の人として好きなんだ、と。

一瞬、ノゾムの目が驚きに大きく見開き、

「ほ、ほんとか⁉ 弟としてとか、家族としてじゃなくか⁉」

エフィーリアの両肩《りょうかた》を掴《つか》み、すごい勢いで詰め寄ってくる。

なのにやっぱり、怖くない。

彼ならやはり、大丈夫なのだ。

それどころか、ノゾムの嬉《うれ》しそうな表情を見ているだけで、こちらも嬉しくなってくる。

「はい、これまでずっと、そういう風に見てしまっていましたが……」

「やっぱりかぁ」

がくぅっと肩を落とすノゾム。

話は最後まで聞いてほしいものだ。

「でも今は、ノゾム様のことを男の人として意識していますよ。今、すごくドキドキしています」

「そ、そうか！　じゃ、じゃあプロポーズを受けてくれるよな！」

また喜色満面になって前のめりに詰め寄ってくる。

エフィーリアは苦笑《くしょう》して、

「いえ、そこまではまだ正直、覚悟が決まりません」

「がくぅっ！」

またもや肩透《かたす》かしを食《く》らい、その場にずるずるとうずくまるノゾム。

申し訳ないとは思う。

でも、食い気味に聞いてくる彼も悪いと思う。

ちゃんとこっちの気持ちも言わせてほしい。

「やっぱり結婚ってなると、年の差とか立場の問題ってあると思うんです」

「そ、そんなの全然大した問題じゃない！　何か言ってくる奴《やつ》がいるなら、絶対俺が守ってやる！」

ノゾムはどんっと胸を叩き、きっぱりと言い切る。

こういうところは、父である勇斗によく似ていると思う。

もしかして、自分は勇斗の面影《おもかげ》をノゾムに見ているだけなのかな？

そう思ったが、一瞬で否定する。

だって勇斗の事を考えてももうドキドキしないけど、ノゾムのことを思う時、胸が甘く切なくうずくのだから。

（はあ、これはもうあたしの負けかな）

なんだこの怒涛《どとう》の勢いは？

とても抵抗《ていこう》できそうにない。

否、抵抗したくなかった。

流れに身を預けたい。押し切られてしまいたい。

そう思っている時点で、もうそういうことだった。

EPILOGUE

ノゾムは今、まさに幸せの絶頂にあった。

口説き続けること実に一ヶ月。

年の差と地位の差を気にして、とりあえず側室からで、と言う彼女をなんとか押し切って、ついに婚約《こんやく》にまでこぎつけたのだ。

子供の頃《ころ》から思い続けた女性を手に入れられたのだ。

我が人生に一片の悔《く》いなし、である。

「よう、ついにエフィを口説き落としたようだな。でかした、ノゾム」

バンッ！　と背中を叩いてそう声をかけてきたのは、父の勇斗《ゆうと》である。

「意外だな。反対はしないだろうって思ってたけど、でかした、とまで言われるとは思ってなかったよ」

「そうか？　エフィの事は小さい頃から知ってるからな。いい子じゃないか」

「ムッ」

「ん？　どうした？」

「俺よりエフィのことを知ってるみたいなのがムカつくんだよ」

自分が知っているエフィーリアは、もう大人になった姿だ。

子供の時はどんな感じだったとか、どういう子供だったのかとか、まるで知らない。

それを知っている男が近くにいる。

父と言えど、許せるわけがなかった。

「ぷっ、ははは。妬《や》くな妬くな！」

バンバンッとノゾムの背中を叩き、父は豪快《ごうかい》に笑う。

「お前しか知らないエフィだっているんだろう？　いいじゃないか」

「自分の奥《おく》さんを愛称《あいしょう》で呼ぶ男がいるってことも気に入らない」

「やれやれ、ずっとそう呼んでいたのに、自分のものになった途端《とたん》、これか。お前、案外ケツの穴がちっちぇえなぁ」

「悪かったな」

ブスっとした顔で、ノゾムも返す。

あんたほど度量が大きくいられねえよ、と内心付け加える。

父と接していると、時々、痛感するのだ。

自分の器の小ささを。

なんでこんなに寛大《かんだい》にどっしり構えて何事にも動じずにいられるのか、まるでわからない。

こうなるべき、そう思ってはいるのだが、なれる気がしない。

一見、近くて親しみのある感じなのに、その背中ははるかに遠い。

「……なあ、父上。どうしたらあんたみたいになれる？」

「はぁ？　婚約して早々にハーレムの相談かよ」

「ちげえよ！　俺はエフィ一筋だ！　あんたとは違う！」

なんて勘違《かんちが》いをしやがる！　と激高する。

それも男の度量なのかもしれないが、今はそういう話はしていない。

「悔《くや》しいけど、俺はまだ全然、泰然自若としてねえ。ちょっとしたことで動揺《どうよう》するし、猪《ちょ》突猛進《とつもうしん》なところも治らねえ。これじゃあいけないってことはわかってるんだ」

「ふむ」

それまでのちょっとふざけた表情から一転、父も真面目な顔つきになる。

そして少し考えてから、彼《かれ》は言う。

「お前ぐらいの年ならそんなもんだと思うぞ。俺だってそうだった」

「とてもそうには見えないけどな？」

「まあ、いろいろあったからな」

父が自嘲《じちょう》するように肩をすくめる。

「その色々が知りたいんだ。俺は、次の神帝《テイウダンス》だから」

「あ〜、前から言ってるように、お前が嫌なら、別に無理に継《つ》がなくていいんだぞ」

申し訳なさそうに、父が顔を曇《くも》らせる。

この話をするとき、彼はいつもこういう顔をする。

重荷を息子《むすこ》に背負わせるのが忍《しの》びない、と。

確かにそのプレッシャーを、決められた運命を鬱陶《うっとう》しいとは思ってきた。

しかし一方で、愚痴《ぐち》を言いつつも、覚悟は決めていたのだ。

「継ぎたいとは思わないが、俺が継ぐしかねえだろ。俺以外ではきっと戦になる」

「……そうかもしれないな」

少しの間の後、しぶしぶといった感じで父も認める。

エフィーリア関連で余裕《よゆう》のない時は他の兄弟に代わってくれと言ったものだが、本当はわかっているのだ。

神帝《テイウダンス》の血を引いていることになっている自分以外には継げないことを。

「でもいいのか？」

「いいも悪いもないさ。俺は、長男だからな。弟妹《ていまい》たちが血みどろの争いをするのは見たくねえよ」

今は確かに、兄弟仲が良いとは思っている。

だが、権力は人を狂わせる。

いざ王になれるとなったとき、関係が変わらずにいられるとは、思わない。

たとえ本人が望まずとも、その周りが御輿《みこし》として担《かつ》ぎだすだろう。

それだけは避けたかった。

「そうか。お前にはほんとに重荷ばっか背負わせてるな。悪いと思っている」

「そういうところ、父上は変わってるよな。王様になれるほうがいいだろ、ってだいたいの奴は言うもんなのに」

「威張《いば》り散らすだけならそりゃいいもんだけどな」

ははっと自嘲気味に、父は疲れた笑《え》みを浮《う》かべる。

世間では、凶王と呼ばれ畏《おそ》れられているというのに、戦場では負け知らずの軍神だと言われているのに、とてもそうには見えない。

「た、大変です！」

そこに突如《とつじょ》、兵士が息せき切って駆け込《こ》んでくる。

明らかに尋常《じんじょう》な様子ではない。

その場にひざまずきながらも、声を荒《あら》らげて叫ぶ。

「辺境軍司令官バベル将軍が反乱！　陛下打倒《だとう》の兵を挙げたとのことです」

「なっ⁉」

「ほう」

ノゾムが驚きに顔色を変える一方、父はわずかに目を瞠《みは》らせたのみである。

この辺の落ち着きぶりがやはり真似《まね》できそうにない。

「ま、またヨルゲン相談役も、バベル将軍を支持し、その軍に加わったとのことです」

「な、なんだとぉぉぉっ⁉」

さらなる衝撃に、ノゾムは人目もはばからず声を荒らげる。

あり得なかった。

ヨルゲンといえば、父が《狼《おおかみ》》の宗主《パトリアーク》を継いだ時からの股肱《ここう》の臣だったではないか。

自分相手によく、父の武勇伝を語って聞かせてくれたものだ。

その彼が？

「ヨルゲンか。早まったな」

しかし、それにも父はまったく動じた様子もなく、小さく嘆息したのみである。

表情を変えることなく、冷たく言い捨てる。

「兵を集めろ。逆賊《ぎゃくぞく》バベルとヨルゲンを討《う》つ！」

to be continued

百錬の覇王と聖約の戦乙女 外伝

誓約のエインヘリアルたち

ヒルデガルドの冒険

誓約のエインヘリアルたち

年が明けた翌日のことである。

《角《つの》》の宗主《パトリアーク》リネーアは、兄貴分である周防勇斗《すおうゆうと》への挨拶《あいさつ》及《およ》び《狼《おおかみ》》の傘下《さんか》氏族同士の固め盃《さかずき》のため、イアールンヴィズを訪《おとず》れていた。

それらの用事はすでに無事済み、もう帰国してもなんら問題はないのだが、宗主として辣腕《らつわん》を振るうリネーアとて、年頃《としごろ》の乙女《おとめ》であることに変わりはない。

遠路はるばるイアールンヴィズまで赴《おもむ》いたというのに、片思いの相手と一言二言言葉を交《か》わしただけで帰るというのはさすがに寂しすぎる。

と、言うわけで、執務《しつむ》室《しつ》の前まで足を運んだところで、

「あっ、そういえば用事はどうしよう？」

《狼《おおかみ》》の現宗主周防勇斗といえば、山間の弱小氏族に過ぎなかった《狼《おおかみ》》を、宗主就任後

わずか二年半でユグドラシルでも指折りの大国へと導き、今や若くして《狼》《おおかみ》の中興の祖となった傑物《けつぶつ》である。

戦場に出れば連戦連勝負け知らず、いかなる劣勢《れっせい》もあっさり覆《くつがえ》し、《狼》《おおかみ》の民や兵士たちの中には、彼を軍神の生まれ変わりだと本気で信じている者も少なくない。

《爪》《つめ》との争いにおいてはヴァンの村を村人一人残らず焼き払《はら》い、《雷》《いかづち》との戦においては洪水《こうずい》を引き起こし数千という兵士たちを溺死《できし》させ、刃向《はむ》かう者には一切容赦《いっさいようしゃ》しないその苛烈《かれつ》さから、近隣《きんりん》諸氏族からは『悪評高き狼《フローズヴィトニル》』とも畏怖《いふ》される。

「おお、リネーアか。よく来たな！」

案内されると、部屋の主が笑顔《えがお》で迎《むか》えてくれた。

世間に流布《るふ》している覇道《はどう》を邁進《まいしん》する武断的な人物像からは想像がつかないほど、その微笑《ほほえ》みはなんとも気さくであどけない。

ドキッとリネーアの心臓が一際《ひときわ》強く脈打つ。先程《さきほど》ハウスグポリにからかわれ、妙《みょう》に意識してしまったのがよくなかったのかもしれない。

「はい、お久しぶりです、兄上。お元気そうでなによりです」

内心の動揺《どうよう》を押し隠《かく》し、リネーアは平静を装《よそお》いつつスカートの裾《すそ》を持ち上げ一礼する。

「寒い中、遠路はるばる大変だっただろう。ほら、これに足を入れるといい。あったかいぞー」

言って、パンパンと勇斗は目の前の奇妙《きみょう》なモノを叩《たた》いてみせる。

大きな毛布が被《かぶ》せられた正方形の箱のようなものが鎮座《ちんざ》している。勇斗は普段《ふだん》の執務《しつむ》机《づくえ》ではなく、本日はこの珍妙《ちんみょう》な毛布箱の中に足を突っ込み、机代わりにして政務をこなしているようだった。

「どうぞ、リネーア姉様。冷えた身体にはとても心地良《ここちよ》いかと」

勇斗の対面で、同じように毛布の中に足を入れているフェリシアもそっと手で促《うなが》してくる。

普段から人当たりの良い笑顔を浮かべている彼女であるが、今日はいつにも増してなんとも幸せそうに微笑んでいる。

「ふむ、一見、非効率に見えますが……」

リネーアも冬に机で仕事をするときには、膝《ひざ》に毛布をかけている。こんな箱に間接的にかけるより、直接かけたほうが温かいように思える。

だが足を入れてみて、驚愕《きょうがく》する。

まるで焚《た》き火《び》に当たっている時のような暖かな空気がぽかぽかと両足を包《つつ》み込み、

「ふ、ふわあああ……」

思わず、リネーアの口から恍惚《こうこつ》とした声が漏《も》れる。冬の寒さに冷え切った身体には、至福の心地《ここち》よさだった。

「あ、兄上、こ、この箱はいったい⁉」

「ふふ、これぞ俺の生まれ故郷日本が世界に誇《ほこ》る至高の暖房器具《だんぼうきぐ》、コタツだ！　熱源には木炭を使っている。どうだ、気持ちいいだろ？」

「は、はい、なんというか、長居するとこのまま出られなくなるのではないかと危惧《きぐ》してしまうほどの気持ちよさです」

「だろぉ。それがコタツの魔力《まりょく》なんだ」

普段はこの手の技術を褒《ほ》められると、複雑そうな顔をするものなのだが、今日に限っては勇斗は腕を組み、妙に得意気にウンウンと頷《うなず》いたものである。

このコタツという代物《しろもの》に、どうやら相当な愛着があるらしい。人間、自分の好きなものを褒められると嬉しくなるものだ。

「俺のいた地域だと春夏秋冬いつでも……」

「ユウト殿《どの》、折り入ってご相談したいことが……」

勇斗のコタツ語りを遮《さえぎ》るように野太い声が響《ひび》き、壮年《そうねん》の男が部屋に入ってくる。

確か《狼《おおかみ》》の長老頭を務めるブルーノという人物だ。以前、《角《つの》》の若頭《かしら》であるラスムスと口論をしていたので、よく覚えていた。

「お、おお。リネーア殿、いらしていたのですか」

リネーアの存在に気づいたブルーノが、なんともばつがわるそうにペコリと頭を下げる。

以前、《蹄《ひづめ》》の進行時、《角《つの》》を見捨てるべきと主張していただけに、後ろめたさを感じているのだろう。

「ご歓談《かんだん》の邪魔《じゃま》をして申し訳ございませんでした、ユウト殿。また後日、日を改めておうかがいさせていただきます」

「ん、わかった。すまないな」

「いえ。それでは失礼いたします」

ブルーノは目に卑屈《ひくつ》な光を浮かべて、深々と頭を下げてすごすごと去っていく。

実権こそないとはいえ、建前上は一応、勇斗の叔父《おじ》に当たり目上のはずなのだが、すっかりへりくだったものである。

リネーアの記憶《きおく》の中では、少なくとも半年前は、もう少し勇斗に対しての批判的な感情が見え隠れしていた気がする。

「さすがは兄上ですね。自分よりはるかにご年配の重鎮《じゅうちん》の方も、しっかりと手綱《たづな》を握《にぎ》って御《ぎょ》しておられる」

感嘆《かんたん》の吐息《といき》とともに、リネーアは勇斗に尊敬の眼差《まなざ》しを向ける。

今のブルーノだけではない。温泉旅行の前には若頭《かしら》のヨルゲンも、勇斗のことを褒めちぎり、孫ほどの年の少年にすっかり心酔《しんすい》しきっているようだった。

「それに比べて、ボクは全然です……」

いやがおうでも脳裏《のうり》をよぎったのは、先程のハウスグポリとのやりとりである。

子分にからかわれる親分というのは、あまりに威厳が足りないように思えた。

若頭《かしら》のラスムスを始め先代の頃からの重鎮は、皆《みな》、リネーアのことを「母」とは呼ばず、姫様《ひめさま》と呼ぶ。

彼らが親愛の情を込めて呼んでいるのはわかっている。

だがどうにも、宗主としてまだ心底から認められていない証拠《しょうこ》のように思えて仕方がないのだ。

実際、自分が頼りない宗主であるという自覚はあるのだが、このままではいけないという想《おも》いが強くあった。

「何言ってんだよ。お前は十分よくやってるって。シュルグやミュルクヴィズの復興だってすげえ順調みたいじゃないか」

「いえ、元々は敵に攻め入る隙《すき》を見せ《せ》たボクの不甲斐《ふがい》なさが招いたことです。ボクがしっかりしていれば、そもそも民に苦難を強《し》いることもなかったはずです」

「んー、《豹《ひょう》》に関しては相手が悪かったとしか言いようがないと思うんだが」

ボリボリと頭を掻《か》きつつ、難しい顔で勇斗。

「それでも兄上は見事な手腕《しゅわん》で撃退《げきたい》してのけたではございませんか」

「それこそ俺だけの力じゃなくて、みんなが頑張《がんば》ったからさ。リネーアも含めて、な」

「そんな、ボクなど戦いに参加すらしていないのに」

「だからそう自分を卑下《ひげ》すんなって。俺としてはむしろ、お前が後ろで頑張ってくれてたから安心して目の前の敵に集中できたようなもんだ」

言って勇斗はすっと手を伸《の》ばし、くしゃくしゃっとリネーアの頭を撫《な》でる。

それはとても心地良くはあったが、一方で自分はまだ兄の庇護《ひご》下にいるのだ、という想いもくすぶる。

《角《つの》》の宗主は自分なのだ。いつまでも兄に守ってもらうのではなく、自分が率先《そっせん》して守っていかなくてどうするのか。

そのためにはもっともっと精進《しょうじん》が必要だった。今はまだ、力が足りなすぎる。

撫でられながら、リネーアは勇斗の顔を上目遣《うわめづか》いで見上げる。

せっかく目の前に最高のお手本がいるのだ。

参考にするのが成長の一番の早道に思えた。

○リネーアの場合

「え～っと、こたつが気持ちいいのはわかるんだけど、いい加減退屈《たいくつ》じゃないか？」

仕事が一段落付いたのか、勇斗《ゆうと》は机から顔を上げるや、不審《ふしん》げに問いかけた。

ガラス窓から差し込む夕日が、執務室の内装をほんのりと赤く染め上げている。

二刻ほどもの間、リネーアは何をするでもなく、ジッと仕事に没頭《ぼっとう》する勇斗の顔を見守っていた。視線を浴びる側からすれば、それは気にもなろうというものだった。

「いえ、まったく。とても勉強になります……ふわあああ」

言ったそばから、大きなアクビがリネーアの口から漏れる。

勇斗は思わず苦笑して、

「やっぱり退屈だったんじゃないか」

「こ、これはこのこたつがあまりにも気持ちいいためです！　決して退屈したわけではございません」

強い口調で言って、ブンブンと首を左右に振《ふ》ってリネーアは否定する。

実際、リネーアは本当に退屈してなどおらず、むしろ満ち足りた幸福感を堪能《たんのう》さえしていたぐらいだったのだ。

好きなひとの真剣《しんけん》に仕事に取り組む横顔はとても格好よく、どれだけ見ても飽《あ》きそうにない。

「うふふ、確かに無性《むしよう》に眠気《ねむけ》を誘《さそ》いますよね」

フェリシアが意味深な笑顔を浮かべて、リネーアの言葉に同意する。

同じ穴のムジナだけあって、リネーアの視線に込《こ》もる想いに勘付《かんづ》いているらしかった。

「そんな中でも、兄上の集中力は素晴《すば》らしいの一言に尽《つ》きますね」

「んー、まあ、俺《おれ》ほどにもなれば、コタツへの耐性《たいせい》は付いてるからな」

「それに、ボクの知る限り、毎日ずっと朝からこんな夕方まで働き通しで。兄上の勤勉さには本当に頭が下がります」

朝、日の出とともに働きに出て、太陽が天頂に到達《とうたつ》する前には仕事を終え帰路に就く。

それがユグドラシルにおけるごく一般的《いっぱんてき》な働き方である。

つまり、勇斗は常人の倍は働いているということになる。

子は親の背中を見て育つという。常々イアールンヴィズの人々は勤勉だとリネーアは思っていたのだが、宗主《パトリアーク》である勇斗がここまで精力的に働いているから、という理由も大いにありそうだった。

見習わねば！　と早速《さっそく》心に刻《きざ》み込むリネーアだが、当の勇斗は自嘲気味に肩《かた》をすくめたものだった。

「ははっ、俺のいた国じゃ、これでも普通《ふつう》より短いぐらいなんだけどな」

「なんと！　兄上のいらした天上の国の人々は皆、そんなに勤勉なのですか⁉」

思わず驚《おどろ》きに目を剥《む》くとともに、リネーアはなるほどしかりと得心もする。それは確かにユグドラシルよりも技術がはるかに進歩しているわけだ、と。

やはり上には上がいる。自分などまだまだだ。

もっと頑張らねば、という想いをより一層強くするリネーアであった。

○フェリシアの場合

「夜遅《よるおそ》くに済まない。少し話をしたいのだが、いいだろうか？」

その夜、リネーアはフェリシアの部屋を訪れていた。

《角《つの》》の宗主《パトリアーク》であるリネーアは、そう頻繁《ひんぱん》にイアールンヴィズに滞在《たいざい》するということは出来ない。

また《狼《おおかみ》》内部の人間ではない、いわば外縁《がいえん》の妹分だ。どうしてもリネーアの視点からでは見えないものは多い。

だが今のリネーアとしては、最も知りたいのは部下から見た勇斗《ゆうと》である。

その点、フェリシアは勇斗の副官であり、四六時中そばにいる人間だ。勇斗のことを知る上で、彼女以上の適任はいなかった。

「どうぞ、お入りくださいませ」

フェリシアはすでに夜着に着替《きが》えていたが、そっと快くリネーアを部屋へと招き入れてくれた。

そのまま案内に従って、リネーアは部屋の中央に置かれた椅子《いす》へと腰掛《こしか》ける。

傍《かたわ》らにある土器からは、じんわりと暖気が流れてきた。中には灰が敷《し》き詰《つ》められ、ちらちらとオレンジ色の炭火の光がこぼれ、部屋をほのかに照らしている。

室内は彼女の身分からすると随分《ずいぶん》と狭《せま》く、質素に見えた。この部屋は勇斗の寝室《しんしつ》へと通じる唯一《ゆいいつ》の部屋でもある。防衛上の理由もあるのだろう。

「少々お待ちを」

そう言って、パタパタとフェリシアは部屋の隅《すみ》へと向かい、

「宜《よろ》しければこちらも……」

壁《かべ》にかけられていた毛皮の外套《がいとう》を、そっと差し出す。

山間の地であるイアールンヴィズの夜は、リネーアの住むフォールクヴァングに比べ随分と冷える。手焙《てあぶ》り土器だけでは、まだなんとも肌寒《はださむ》かった。

「すまない」

リネーアは有難《ありがた》くフェリシアの好意を受け取り、外套を羽織《はお》った。

フェリシアはそれを確認《かくにん》してから、

「それで、どのようなご用件でしょう？」

美しく柔《やわ》らかな声で問う。

その声を聞くだけで、リネーアはほっと緊張《きんちょう》が解けていくのを感じる。この声質は生来のものだろう。

素直《すなお》に羨《うらや》ましいと思いつつ、スッとリネーアは居住まいを正し、

「ボクの目から見て、フェリシア殿は私心を捨て、心から兄上に誠心誠意尽くされておられる忠臣の鑑《かがみ》と言えるような人物だ」

「あら、ありがとうございます。でも、盃を交わした妹分として当然のことをしているだけですわ」

「うん、確かに一度、兄と仰《あお》いだなら、そうするべきというのが盃の誓《ちか》いではあるが、それを実践《じっせん》できる者はそうはいないだろう。どうして貴女《あなた》はそこまで兄上に献身《けんしん》を捧《ささ》げることができるのか、ぜひ教えていただきたい」

ギュッと膝の上で固く拳《こぶし》を握り、身を乗り出すようにフェリシアへと詰め寄るリネーア。

その切羽《せっぱ》詰《つ》まった様子に、フェリシアはなんとも困ったように眉《まゆ》をひそめる。

「過分な評価、とても有難く存じますが、わたくしはそこまで人間ができてはおりませんわ。お兄様の類稀《たぐいまれ》なるご器量が、わたくしに自然とそうさせるのでございます」

「うん、そこだ」

「はい?」

「ボクも兄上は、宗主となるために、いや、もっと大きな存在となるために生まれてきたようなお方だと思う。肩を並べようなどと不遜《ふそん》なことは考えていないが、民を預かる者と

して、少しでも近づけるよう、見習える部分は是非《ぜひ》とも見習いたいと考えているのだ」

「とても立派なお志かと存じます」

「ありがとう。そこで、だ。疲《つか》れているところすまないが、よければ、フェリシア殿の思う兄上の良い所、尊敬している所をいくつか挙げてもらえるとありがたい」

「全てでございます」

即答《そくとう》だった。

刹那《せつな》の間さえない、わずかの迷いもない即答だった。

さすがに唖然《あぜん》とするリネーアであったが、すぐに気持ちを立て直す。

「あ〜、その、もう少し具体的にあげてもらえないだろうか？　それでは見習おうにも漠《ばく》然《ぜん》としすぎていて参考にならない」

苦笑《くしょう》を浮かべつつも、一方で内心、さすがは兄上と感心するリネーアである。

実際、リネーアも同じような質問をされたら、同じような返答をしそうな気がしていた。

恐怖《きょうふ》で縛《しば》ったわけでもないのに、部下に即答でここまで言わしめるとは並大抵《なみたいてい》のものではない。

やはり勇斗から学ぶべきものは多い、と気持ちを新たにする。

そんな熱意の込もった眼差しに、フェリシアも感化されたように少し考え、

「そうですね。強いてあげるとするならば……その度量の深さ、でございましょうか」

「ふむ、確かに人の上に立つ者は、度量が深くなければならんな！」

うんうんと納得《なっとく》したようにリネーアは何度も頷き、手に持っていた紙にスラスラと書《か》き込んでいく。

「わたくしは本来、お兄様のそばに置いてもらえるような女ではございません」

「えっ？」

これまでとは一転、暗く沈《しず》んだ声に、リネーアは手を止め、驚いたようにフェリシアの顔を見上げる。

前述のとおり、フェリシアの勇斗への献身ぶりは実に素晴らしく、また女性としての器量も、リネーアが嫉妬《しっと》を覚えるほどだ。

彼女《かのじょ》でダメならいったいどれほどの女性なら勇斗の隣《となり》に立つに相応《ふさわ》しいというのか、とさえ思う。

その視線の意味を察したのか、薄明《うすあ》かりの中、フェリシアは自嘲めいた笑みを浮かべて、

「リネーアお姉様は、美月《みつき》様のことをご存知《ぞんじ》でしたね」

「あ、ああ。兄上の想い人の名だな」

「わたくしがお呼び立てさえしなければ、お兄様はこんな言葉さえ通じぬ異国の地で、血《ち》

生臭い戦いの日々に身を投じることもなく、今頃、美月様と天の国で平穏な日々を送られていたはずです」

「いや、しかし、当時の状況《じょうきょう》を考えれば……」

「はい。我ら《狼《おおかみ》》にとっては必要なことでした。しかし、それでもわたくしがお兄様に多大なるご迷惑《めいわく》をおかけした事実に変わりはありません」

　なんとも思いつめた顔で、フェリシアは言い切る。

　この世界に来たばかりの頃は役立たずと見下されていたと、以前勇斗が言っていたのをリネーアは思い出す。

　ずっとそばで彼を見守ってきたというフェリシアは、それを間近で見続けてきたはずで、どうやら相当に責任と罪悪感を抱《かか》え込んでいるようだった。

「そんなわたくしを、お兄様は許し、重用してくださいます。いくら感謝してもしたりません」

「ふむ……」

　思わずリネーアは考えこむ。

　自分に対してかつて不利益をもたらした人物であろうと、有能で信頼《しんらい》の置ける者ならわだかまりを捨て、重要な役目を任せる。

人の上に立つ者として、実に当たり前のことであるが、口で言うほど容易なことではない。人間には感情というものがあるからだ。

よくよく考えてみれば、リネーアとて最初は敵対関係にあったはずなのに、勇斗は特に気にした風もなく、優《やさ》しく接してくれるし、便宜《べんぎ》も図ってくれる。

そんな彼だからこそ、リネーアも勇斗のことを信頼し、また、彼のために頑張ろうという気になるのだ。

「なるほど、これはぜひとも見習いたいところだな。うん、勉強になった」

殊《こと》の外《ほか》、良い話が聞けたものだ、とうんうんと何度も納得げに頷くリネーア。

こうなると俄然《がぜん》、他の面々からの話も聞きたくなってくるのが人情だった。

○ジークルーネの場合

「さ、先の戦いでは、本陣《ほんじん》まで切り込んできた敵総大将を見事撃退したそうだな！　さ、さすがはジークルーネ殿。やはり『最も強き銀狼《マーナガルム》』の名は伊達《だて》ではないようだ」

「いえ、自分などまだまだです」

「け、謙遜《けんそん》を。ボ、ボクの子分にも貴女のような剛《ごう》の者がいれば、と何度思ったかしれぬ」

「ハウスグポリ殿がおられましょう」

「ぶ、武勇もさることながら、その美貌《びぼう》も実に素晴らしいな。正直、女として羨ましくて仕方がないぞ。そ、その透明感《とうめいかん》はまさに氷の華《はな》とでも言おうか……」

「はあ、ありがとうございます」

翌日、リネーアは訓練の休憩《きゅうけい》時間を見計らってジークルーネを談話室へと誘い、会話を盛《も》り上げようと四苦八苦していた。

フェリシアはまだ勇斗《ゆうと》の副官兼《けん》護衛として会談の場に同席していた関係で、それなりに親交があったからなんとかなったが、ジークルーネとはほとんど接点がなく、今までろくに話したこともなかったのである。

そこにいきなり、宗主《パトリアーク》のことをどう思っている？　などと単刀直入に訊《き》くのは、単なる家族や友人、知人ならそれも許されようが、宗主である勇斗とリネーアでは外交的な探《さぐ》り合いと受け取られかねない。

妙な疑念を抱《いだ》かせるのはリネーアの本意ではない。そこでまずは会話を弾《はず》ませて、和《なご》やかな空気の中でそれとなく、と考えていたのだが取り付く島もないとはこのことだった。

「話はそれだけでしょうか？　それでは、まだ訓練の続きがありますので」

「わわ、ま、待ってくれ」

小さく会釈《えしゃく》し立ち上がろうとするジークルーネを、リネーアは慌《あわ》てて引き止める。

「まだ何か？」

「うっ」

硬質《こうしつ》な声とともにジークルーネが振り返ると、ビクッとリネーアの身体が条件反射的に強張《こわば》る。

別にジークルーネとしてはつっけんどんな対応をしているわけでも、不機嫌《ふきげん》なわけでもないことはリネーアも承知している。むしろ隣国《りんごく》の宗主として、普段の彼女から考えるとすこぶる丁寧《ていねい》な応対をしているとさえ言える。

「う、ううう……」

ダラダラとリネーアの頬《ほお》を脂汗《あぶらあせ》が流れ落ちていく。

どうにもリネーアにはジークルーネに対する苦手意識があった。

半年前、並み居る兵士たちをあっさり蹴散《けち》らし、自分をひっ捕《と》らえた「銀色の魔狼《まろう》」の姿は、今も脳裏に鮮明《せんめい》に浮かぶ。

囚《とら》われの身となり、勇斗の前に引っ立てられた時も、目の前で机を叩き壊《こわ》され威圧《いあつ》されたものだ。

もう敵ではないとわかってはいるのだが、恐怖が本能にまで刷《す》り込まれてしまっており、その視線に晒《さら》されると身がすくんでしまうのである。

「リネーアの叔母御《おばご》？」

尋常な様子ではないリネーアを不審に思ったのか、ジークルーネがわずかに眉をしかめて呼びかけてくる。

このままではいけない、とリネーアは自らを鼓舞《こぶ》する。

『最も強き銀狼《マーナガルム》』といっても、所詮《しょせん》は姪《めい》である。目下の者にびびっているようでは、皆から信頼される立派な宗主など夢のまた夢というものだ。

そうだ、そもそも、自分のほうが目上の存在なのだ。何を遠慮《えんりょ》して迂遠《うえん》なことをしていたのか。単刀直入に問い質《ただ》せばいいだけの話だったのだ。

「あ、兄上のことで、き、きき、訊きたいことがある！」

覚悟《かくご》を決めて、一気呵成《いっきかせい》に要求を告げるリネーア。言葉の頭を少し噛《か》んだり、声が少し裏返ったりしたのはご愛嬌《あいきょう》である。

「ち、父上のこと!?　な、何かあったのですか!?」

一方、ジークルーネはといえば、リネーアの挙動不審《きょどうふしん》ぶりを何か勇斗に関係することで重篤《じゅうとく》な問題が発生したと勘違《かんちが》いしたようだった。

しかし、先程までの淡々《たんたん》として落ち着いた素振《そぶ》りとはえらい違《ちが》いである。

「あ、ああ、いや。特に何かあったというわけでもないのだが、ジークルーネ殿は兄上のどのようなところを尊敬しておられるのかな、と」

「全て、ですね」

フェリシアとまったく同じ答えが返ってきた。

性格も好みもまったく違うジークルーネとフェリシアなのだが、不思議と勇斗に関してだけは意見が重なる二人である。

少しおかしくて、小さく笑《え》みがこぼれる。不思議とそれで緊張もほぐれた感じがした。

「できればもう少し詳《くわ》しく、兄上の魅力《みりょく》を語ってもらえないだろうか？」

そう言った瞬間《しゅんかん》だった。

ジークルーネがダダッとリネーアに駆《か》け寄ってきて、その手を両手で押し抱くように握り締《し》めてくる。

「おおっ！　父上の素晴らしさをもっとお知りになりたい、と！」

ジッとリネーアを見つめる瞳《ひとみ》が、異様にキラキラしている。

普段の無表情ぶりとは、まるで別人である。

え、ええー⁉　と内心、ドン引きしてしまうリネーア。

彼女自身のことはどれだけ褒めてもナシのつぶてなのに、勇斗のこととなるとここまで態度を豹変《ひょうへん》させるのか、と。

「まずはやっぱり、お強いことですね！」

「うん、確かに。戦場ではまさしく軍神さながらの強さだからな」

「いえ、もちろんそれもあるのですが、それだけでなく、なんというか、父上の強さは大きいのです」

「大きい？」

「あー、なんと言いますか。すみません、口下手なものでちょっと整理します」

バッとリネーアを手で制して、ジークルーネはうんうんと考えだす。

やはり武芸一筋の人間だけあって、手ほどに口が器用に回らないらしかった。それでも語りたいというのだから、勇斗のことを本当に尊敬しているのだということが伝わってくる。

「よし。あれです。わたしの力というのは所詮、一人の力なのです」

「ふむふむ」

「五〇人、一〇〇人の敵に囲まれれば、為《な》す術《すべ》もなく討《う》たれるでしょう。わたしがこの手で守れるものなど、本当に限られています」

「うん」

「ですが父上は違います！　《狼《おおかみ》》の氏族全体を、いえ、それどころか《角《つの》》も《爪》も、さらにもっともっと大きなものを背負い守れるお力をお持ちです！」

口下手なりに身振《みぶ》り手振《てぶ》りを交えて、一生懸命《いっしょうけんめい》、ジークルーネは勇斗の凄《すご》さを伝えようとしてくる。

武人である彼女には侮辱《ぶじょく》になるかもしれないので言えないが、可愛《かわい》い、と素直に感じてしまったリネーアである。勇斗やフェリシアが、ときどき彼女のことを犬のようだと言っていた理由が何となくわかった気がした。

○イングリットの場合

「イングリット殿、こんなところにおられたのか」

「えっ⁉　あ、リネーア様？　リネーア様こそどうしてこんなところに？」

弾《はじ》かれたように振り返った赤毛の少女は、パチパチと目を驚きに瞬《しばたた》かせていた。

ここは族都イアールンヴィズを囲む周壁《しゅうへき》の外側、剥き出しの土の上には、ところどころに石ころや岩が転がり、雑草が広がる、言ってしまえばただの荒れ地《あれち》である。

そこにぽつぽつと天幕が立ち並び、上半身裸《はだか》の筋肉質な男たちが岩や木材を掛《か》け声《ごえ》とともに運んでいたり、女たちは雑草や石ころを籠《かご》に詰めたりして、ガヤガヤとなんとも騒《さわ》がしい。

「ボクは貴女を探していたんだ。イングリット殿は何を？　忙《いそが》しいなら出直すが」

「ああ、最近ほら、見ての通りイアールンヴィズもかなり人が増えて街が手狭《てぜま》になっちゃって、だから二の郭《くるわ》を作ろうってことになったんですよ。それでちょっと様子を見に来たんです」

「おお、イングリット殿はついに街まで作るのか」

「あっはっはっ、それはさすがにあいつ……ち、父上の仕事っスよ」

軽いやりとりに朗《ほが》らかな笑い声を上げたと思ったら、その笑顔を唐突《とうとつ》に引き攣《つ》らせる。

そしてパンッ！　と自らの顔を平手で叩いて、そのままうつむく。

「あーもう、しまったなぁ。他氏族の宗主《パトリアーク》様じゃ言い訳きかねえよぉ」

ぶつぶつと何事か呟《つぶや》いている。今の失敗で自分を責めているのだろう。

まがりなりにも自氏族の宗主を「あいつ」呼ばわりだ。今は亡《な》き《蹄《ひづめ》》のユングヴィあたりなら、耳に入った時点で打ち首獄門《ごくもん》の刑《けい》を言い渡《わた》すに違いない。

一方で、リネーアは奇妙な親近感を覚えてもいた。

なんとなく、イングリットの勇斗《ゆうと》に対する態度は、リネーアに対するハウスグポリの態度と近しいものを感じたからだ。

自分、フェリシア、ジークルーネと「全てが尊敬に値する」という意見が続いていただけに、流石《さすが》と思う反面、完璧《かんぺき》すぎて手が届かない距離《きょり》感《かん》も感じていたのだ。

「イングリット殿はずいぶんと兄上と親しい間柄《あいだがら》のようだな」

馴《な》れ馴れしい、という言葉はさすがに自重して言葉を選んだリネーアである。

彼女がなぜ勇斗にそういう態度をとり続けるのか。その辺りを探れば、自分にも応用がきくかもしれない。

「ん、まあ、あい……父上がまだ役立たず《スコル》とか呼ばれてた頃《ころ》からの付き合いですからね」

「ほう、それは興味深いな。出来ればその頃の兄上の話を少し聞かせてもらえないだろうか？」

ギムレーの街で、ちらりとそんな話を聞いたのを思い出す。

知識を用いてのし上がった、と勇斗は言っていたが、やはりそれだけとは思えない。どうもあの少年は、自分を卑下して考える傾向《けいこう》がある。

だが、頭でっかちなだけの人間に人は付いてこない。きっと他にも理由があるはずだ。

勇斗以外の口からその辺りのことを聞ければ、十分参考になりそうな気がした。

「ン～、そのへんのことはちっと言いにくいっつーか、勘弁《かんべん》してくださいよ。悪口しか出てきそうにねえし。ひ弱とかトロいとか」

ポリポリと困ったようにイングリットは頭を掻く。

だが、リネーアとしてもここで引き下がるわけにはいかなかった。

「そこをなんとか！　どうやったらそんな役立たずと皆から馬鹿にされてる状態から今の地位を築けたのか。宗主として是非参考にしたい！」

「ええ、そんなこと言われてもなぁ」

真剣そのものな顔で詰め寄るリネーアに、イングリットはたじろいだように一歩、また一歩後ろに下がる。

それと同じだけ、リネーアも前に進む。

逃《に》げられないと悟《さと》ったらしく、イングリットは「はあっ」と溜《た》め息《いき》をひとつ吐《つ》く。

「んー、そうッスねー。いいところいいところ……あっ、そうだ。うん。根性《こんじょう》はありましたよ！」

ピンッと人差し指を立てて、イングリットは自信満々に言い切る。

良い所をわざわざ探している素振りを見せた時点で、あんまり良い所がなかったと逆に明言しているようなものなのだが、本人は気づいていないらしい。

リネーアも気づかぬふりをして、視線で続きを促《うなが》す。

「あの頃のあいつって、まだこっちの世界の言葉もろくに話せなくて、やわっこい手をしてたから斧《おの》を振《ふ》るっただけで手にマメができるわで、まあ、心身ともにけっこう大変だったとは思うんですよ」

「……うん」

大変どころではなかったはずだ、とリネーアは思う。

普段《ふだん》、言葉をごくごく普通に使ってはいるが、これが通じないとなるとどれだけ不便になるかは想像に余りある。

ろくに意思疎通《そつう》もできない状況では寂《さび》しさももどかしさも募《つの》ることだろう。

自分がもしそんな状況に遭遇《そうぐう》したら、どうだろう？　腐《くさ》らずにいられるだろうか。

「それでもめげずに、しっかりと前を向いて頑張ってた。これってなまなかにできることではないと思うんスよね。後、うん、なんだかんだでいざって時はすげえ頼《たよ》りになるし」

興が乗ったのか、勇斗への褒《ほ》め言葉《ことば》をペラペラと垂れ流し始めるイングリット。

態度がいいとはお世辞にも言えないが、彼女が勇斗を慕《した》い、また尊敬もしていることは明らかだ。

礼儀《れいぎ》など所詮、上《うわ》っ面《つら》だ。大事なのは、やはり本心でどう思っているか、だ。

「折れず、曲がらず、頭も切れる。ほんとニホントウみたいなやつっすよ……ってこれ、あたしが言ってたって、あ、あいつには内緒《ないしょ》にしといてくださいねっ！」

○双子《ふたご》の場合

イングリットとの会話を終えた帰り道、城門前で《爪《つめ》》の双子が視界にとまった。

自分と同じく《狼《おおかみ》》の軍門に降った氏族の姫君《ひめぎみ》である。勇斗《ゆうと》に対してどのような想いを抱いているのか、以前から気になっていたところだった。

「アルベルティーナ殿《どの》！　クリスティーナ殿！」

これ幸いとリネーアは声をかけ、足早に双子に近づいていく。

香油《こうゆ》の匂《にお》いがほんのりと漂《ただよ》ってくる。

よく見ると、二人とも頬がかすかに上気し、髪《かみ》もいつもと違い、しっとりと水気を帯びていた。特に雨が降っていたわけでもないはずだが、とリネーアは少し不思議に思う。

「おや、リネーア叔母様《おばさま》。ご機嫌麗《きげんうるわ》しゅう」

「あー、リネーアちゃんだ、こんちはー」

まったく同じ顔、同じ声だというのに、ずいぶんと対称的《たいしょうてき》な挨拶である。

クリスティーナのほうは礼儀正《れいぎただ》しく作法もしっかりしていたが、なぜか妙《みょう》に身構えてしまうものがある。蛇《へび》が身体に巻きつき、喉元《のどもと》でシャ～ッと舌を出しているかのような、そんな空恐《そらおそ》ろしさを感じるのだ。

彼女の父ボドヴィッドはマムシに喩《たと》えられるというから、その血を色濃《いろこ》く受け継《つ》いでいるのかもしれない。

一方の彼女の姉アルベルティーナの挨拶《あいさつ》は、礼儀のかけらもなく、敬意も感じられない。本来であればムッとしてもおかしくないのだが、なぜか不思議と腹が立たない。

あの天真爛漫《てんしんらんまん》な笑顔《えがお》を見ていると、その手の小難しいことはどうでもよくなってくるのだ。人徳と言えるかもしれない。

「ん？」

二人の後ろに控《ひか》えていた侍女《じじょ》と思《おぼ》しき少女が、リネーアに会釈してくる。無言なのは話の邪魔《じゃま》をしないよう気を遣《つか》ったのだろう。

《爪》の宗主《パトリアーク》の実の娘《むすめ》であり、現《狼《おおかみ》》の宗主勇斗の直参子分の二人である。付き人の一人や二人いても別段おかしいことでもなく、普段であれば気にもとめなかったのだが、見覚えがあったのだ。

「おお、温泉旅行に付いてきていた子ではないか。兄上の、と思っていたのだが、お二人の召使《めしつか》いだったのか？」

「いえ、お父様の、ですよ。ワタシたちとエフィの関係は……そうですね、学友でしょうか」

そう肩をすくめて、クリスティーナは粘土板《ねんどばん》の家の顛末《てんまつ》を話してくれた。

勇斗が粘土板の家の無償化《むしょうか》を考えていること。

まずは試験的に、奴隷《どれい》であるエフィーリアが通っていること。

クリスティーナはそのお目付け役で、アルベルティーナは……とりあえず一から勉強をやり直しているらしい。

「しかし粘土板の家の無償化か。兄上は相変わらずとんでもないことを考える」

勇斗が何かの折、

『人は城、人は石垣《いしがき》、人は堀《ほり》、情けは味方、仇《あだ》は敵なり』

と人材の大切さを説いた言葉を語ってくれたものだが、まさにといったところだと感心したのである。

確かにおそらく最初の五年はただただ出費ばかりが嵩《かさ》むのだろうが、やがて一〇年二〇年先には優秀《ゆうしゅう》な人材が多数輩出《はいしゅつ》され氏族を背負って立ち、ますます《狼《おおかみ》》は栄えることだろう。

「ボクも二年先、三年先を見据《みす》えて政策を考えてはいるが、やはり上には上がいる」

ふぅぅぅっと感嘆《かんたん》の吐息《といき》とともに、リネーアは首を振る。

ガラスや砂利《じゃり》なしパン、紙などといった最新鋭《さいしんえい》の技術の利益があるからこそできることではあるが、それでも、その利益を浪費《ろうひ》するのではなく、しっかりと投資に使っている。

当たり前と言えば当たり前なのだが、権力の毒というものは恐《おそ》ろしいものだ。自らを律し続けられる強靭な精神力には、ただただ頭が下がる。

「それで、ワタシたちにどのようなご用件です？」

「あ、ああ。そうだった」

クリスティーナの問いかけに、リネーアは思考の海から我に返る。

なんとも益のある話に思わず没頭しかけていたが、そういえばそれが本題ではなかったと思い出す。

二人に経緯《けいい》を説明し改めて、勇斗の尊敬している部分を尋《たず》ねると、

「砂利なしパン作ったとこ！」

アルベルティーナが勢いよく手を上げ答える。

食《く》いしん坊《ぼう》な彼女らしい意見である。

「確かにいろいろお作りになられるのも兄上の魅力の一つだな」

「あとお菓子《かし》くれるところー」

「ふむ」

「冬でも牛乳たくさん飲ましてくれるところー！」

「ああ、それはノーフォーク農法のおかげだな」

勇斗が始めた、大麦↓クローバー↓小麦↓カブと年ごとに植えるものを順々に変えていく農業政策だ。

本来であれば、飼料となる牧草が枯《か》れる冬期を前に家畜《かちく》を屠殺《とさつ》して数を減らさねばならない。

だいたいは屠殺した家畜は干し肉やソーセージといった保存食にし、それを穀物と合わせ人間の冬期の食糧《しょくりょう》にするのが常なのだが、このノーフォーク農法では、カブの栽培《さいばい》によって、家畜の冬場の飼料を担保している。

このため、《狼《おおかみ》》そして《角《つの》》では、これまでとは比べ物にならない数の家畜が生き残っていたのだ。特に牛は人間よりはるかに膂力《りょりょく》があるため、春からの農耕の貴重な労働力でもある。

「ははっ、しかしアルベルティーナは食べることばっかりだな」

「えー、でも美味《おい》しいものいっぱい食べられたら幸せだよー。だから勇斗お父さん好きー♡」

「っ！　なるほど、案外深いのかもしれない」

名君と言われた先代からも、そういえば似たような薫陶《くんとう》を受けた覚えがあった。

領民を飢《う》えさせるべからず。ここさえ守れば、多少の不平不満はあっても領民は我慢《がまん》してくれる、と。

さすがは《爪》の姫君、梟雄《きょうゆう》ボドヴィッドの娘である。何も考えていないようで、きっちり本質を突《つ》いてくるものだ、とリネーアはしみじみと感じ入ったものである。

それが大層な勘違いであり、買いかぶりもいいところだったのは言うまでもない。

「クリスティーナ殿は？」

次いで、妙に生暖かい視線を送ってくる妹姫《いもうとひめ》のほうに訊く。なにやら小馬鹿にされているような気がしないでもなかったが、気にしない。

ただ、気を引き締める。

この少女相手にはわずかの油断もしないほうがいい、と本能が告げている。

「ワタシですか。そうですねぇ。色々とお甘《あま》いところでしょうか」

クスクスと笑いつつ、なんとも巫山戯《ふざけ》た答えを述べるクリスティーナ。

とは言え、想像の範囲内《はんいない》ではある。

この手の人間がそう簡単に本心を晒してくれないのはよくあることだ。

「実にからかい甲斐《がい》があります」

「仮にも盃《さかずき》を交《か》わした父であろうに」

リネーアは渋面《じゅうめん》を作って言う。

――が、内心はギュッと拳を握《にぎ》っていたりする。

主人をからかう生意気な子分には覚えがあった。元々こんな質問を繰《く》り返すきっかけになったのは、子分のそういう態度だった。

話を聞けば、実に参考になりそうである。

だが、そんな思惑《おもわく》はおくびにも出さない。リネーアは幼少の頃より支配者としての英才教育を施《ほどこ》されている。外交用に表情を装《よそお》うことなど朝飯前――

「お父様はワタシに対しても、とてもお甘いですから」

――カチン、と来た。

この少女が勇斗のお気に入りであることはリネーアも知っている。

リネーアがイアールンヴィズに滞在している間も、勇斗が彼女に相談を持ちかけている場面を何度か見かけたものだ。

またその重用されるに足る能力の持ち主であるのも確かだ。《雷《いかづち》》襲来《しゅうらい》の報も、《蹄《ひづめ》》襲来の報も、伝えてくれたのは彼女である。

だが、気に入らないものは気に入らない。

「寵《ちょう》を鼻にかけるのはあまり感心しないな。貴女のほうこそ兄上の寛大《かんだい》な御心《みこころ》に甘えすぎなのではないか？」

苛立《いらだ》ちを押し隠《かく》し、なんとか余裕《よゆう》の表情を作ってそう口にするも、

「ええ、それはもうごろにゃんと甘えております」

ピキピキピキ。

リネーアの表情が凍《こお》りつき、こめかみのあたりに青筋が浮《う》かぶ。

からかわれているのはわかるし、いちいち反応するものでもないと頭ではわかっているのだが、我慢できることとできないことがある。

「ふん、ではせいぜい兄上の寵を失わないよう注意することだな。もっとも兄上にはすでに意中の方がおられるようだが」

言ってからリネーアは後悔《こうかい》する。

牽制《けんせい》のつもりで口にしたのだが、自分の心にも刺《さ》さる諸刃《もろは》の剣《つるぎ》な言葉であった。

「ふふっ、らしいですねぇ。がんばってください」

「〜〜っ！」

そんな相打ち覚悟の決死の攻撃《こうげき》さえ余裕の表情で返され、リネーアは思わず下唇《したくちびる》を噛みしめる。

自分のほうが年上のはずなのに、完全に手のひらの上で遊ばれていた。

「つまり、クリスティーナ殿は兄上のことを体《てい》よく利用しようとしているだけで、尊敬はしておられないということだな!?」

ここまであからさまに口にするのはあまりよくないことだとわかってはいたが、言わずにはいられなかった。

対するクリスティーナはやはり余裕の笑みを浮かべる。

「まあ、利用しようとしていることは否定しませんが、尊敬はしてますよ」

「ふん、そうは見えないな」

腕《うで》を組み、ぷいっとそっぽを向くリネーア。

だから彼女は見逃《みのが》してしまう。

彼女にしては本当に珍《めずら》しく、姉だけに向ける慈《いつく》しみの微笑《ほほえ》みを、姉以外の人間に浮かべていた瞬間を。

「宗主としてドロドロとした魑魅魍魎《ちみもうりよう》がうずまく現実を見ながら、まだ甘っちょろいことを言えるなんて、ほんと尊敬しますわ」

「やはりあまり褒めているように聞こえないぞ」

「そうです？　ワタシとしては大絶賛のつもりなのですが。どこまで貫《つらぬ》けるか、見ものじゃありませんか」

クスクスと底意地悪そうに、クリスティーナはほくそ笑む。

どうにも飄々《ひようひよう》としていて、掴《つか》みどころがない。

リネーアもそれなりに宗主として交渉術《こうしようじゆつ》のいろはを学んではいたが、基本的には真摯《しんし》な誠実さこそが持ち味の少女である。

翻《ひるがえ》って、相手は天性の雌狐《めぎつね》である。付け焼《や》き刃《ば》の腹芸で対抗《たいこう》できるはずもない。

そしてリネーアにとってなお不幸なことは、そんな人間をからかうことこそをクリスティーナが趣味《しゅみ》にしていたことだろう。

まさしく、リネーアにとっては最悪ともいうべき相性《あいしょう》の少女だったのだ。


「やれやれ、最後の最後で狐《きつね》に化かされたような気分だ」

滞在《たいざい》時に使っている宮殿《きゅうでん》の客室に戻《もど》り、リネーアは肩《かた》をすくめる。

よくもまあ兄上はあんな性悪《しょうわる》を御《ぎょ》しておられるものだ、と素直《すなお》に感心する。自分ごときでは到底《とうてい》、手に負える気がしない。

だが、色々な話が聞けて、本当に勉強になった。

少しでも教訓として活《い》かし、より素晴《すば》らしい宗主となるため邁進《まいしん》したいところである。

そんな決意を新たにしていると、

「おや、遅《おそ》いお戻りで。《狼《おおかみ》》の伯父貴《おじき》のところですか？」

ニヤニヤと早速《さっそく》、ハウスグポリがからかってくる。

しかしまったく腹が立たない。

むしろなんというか、可愛く見えた。

ついさっきまで性悪を相手にしていたからかもしれない。
そもそもこの程度のこと、笑って許せる度量の深さこそ必要だったのだ。
勇斗が乗り越《こ》えてきた辛苦《しんく》に比べれば、まったくもって些事《さじ》である。
このような小さいことにこだわっていては、大きなことも為せないだろう。
晴れ晴れとした心持ちで、リネーアは笑って言う。
「腹が減った。まずは夕餉《ゆうげ》にしようか」

ヒルデガルドの冒険

「ふんふんふーん」

ヒルデガルドは鼻歌交じりに皮袋《かわぶくろ》に荷物を詰《つ》め込《こ》んでいた。

年は十代半ばほど、気の強そうな瞳が印象的な、おさげ髪の可愛らしい少女である。

そのあどけなさが多分に残る容姿からは想像もつかないが、《狼をまとうもの《ウールヴヘジン》》のエインヘリアルであり、《鋼《はがね》》最強と名高い精鋭《せいえい》部隊『親衛騎団《ムスッペル》』の中でも一目も二目も置かれる優《すぐ》れた戦闘《せんとう》能力を持つ。

今回、《鋼《はがね》》大宗主《レギンアーク》周防《すおう》勇斗《ゆうと》が、《炎《ほのお》》宗主《パトリアーク》織田信長との会談に向かう際の護衛に抜擢《ばってき》されたのも、その力量を買われてのことだった。

「ふふふっ、好機到来《とうらい》ね。大宗主《レギンアーク》様にぜひあたしの力を見てもらわないと」

つぶやきつつ、にま～っと口元が緩《ゆる》むのを、ヒルデガルドは自覚する。

その姿を、否、その覇気《はき》を目《ま》の当たりにして以来、すっかり勇斗に心酔《しんすい》しているヒルデガルドである。

勇斗の覚えめでたくなれば、おそばに侍《はべ》れる。そうなればいずれ、寵姫《ちょうき》の一人にもなれるかもしれない。

「『ヒルダ、ふふ、ういやつだな。俺《おれ》のものになるがいい！』とか言われちゃったりして……むふふふふ、きゃーっ！　あいたっ！」

ゴツンッ！　と頭部に激痛が疾り、ヒルデガルドが悲鳴を上げる。

この思わず目に涙《なみだ》が浮かぶ一撃《いちげき》には、覚えがありすぎるといえるほどに覚えがあった。

「い、いきなりなにするですか、ジークルーネお姉様！」

叫《さけ》びつつ、ヒルデガルドが後ろを振《ふ》り返ると、ヒルデガルドの姉貴分にして親衛騎団《ムスッペル》の団長ジークルーネが、なんとも冷たい眼差《まなざ》しで見下ろしていた。

途端《とたん》、最初の威勢《いせい》もどこへやら、瞬《またた》く間《ま》に身がすくむヒルデガルドである。

「あ、あの、あたし、また何かやらかしました？」

思わず卑屈《ひくつ》に問い返すのは、もはや身についた習性であった。

ヒルデガルドも、腕には相当に自信はあるのだが、この化物には敵《かな》わないことも、そして逆らっても、こっちが痛い目を見るだけだということも、身をもって思い知っていた。

「ああ、今まさに、な。殴《なぐ》られる前に気づけ、未熟者」

「うぐっ」

きっぱりと言いきられ、ヒルデガルドは顔をひきつらせる。

死角である背後からの接近、しかもジークルーネほどの達人が気配を消しながらというものに気づけなど、無茶《むちゃ》を言うなと言いたいところではあるのだが、此度《こたび》の会談への同行は、まさにその気配察知能力を買われてのことなので、下手に文句を言おうものなら解任されかねない。

グッと押し黙《だま》るしかなかった。

「やれやれ、本当に大丈夫《だいじょうぶ》なんだろうな？」

ジークルーネがなんとも重くるしい溜め息とともに訊いてくる。

武勇のみならず、勇斗への無二の忠誠ぶりでも知られる彼女《かのじょ》である。

勇斗不在の間、代わりに全軍の指揮を取れるのは彼女ぐらいであり、今回彼女は同行できず、相当に心配なようだった。

「大丈夫ですって！　今回はお姉様が相手だからちょっと不覚を取りましたが、旅の間はちゃんと注意しますから」

「その妙な自信が、一番心配なんだがな」

額を押さえ、ジークルーネは二度目となる大きな溜め息をつき、

「ヒルダ、わたしやお前の替《か》えはきくが、父上はそうはいかん。あの方は《鋼《はがね》》にとって

なくてはならぬお方だ」

「……はい」

勇斗がなくてはならぬ存在だということに関しては異存はないが、替えがきくといわれたのには少々カチンときたヒルデガルドである。

とは言え、自分より強いジークルーネもと言われては、不承不承ながら頷《うなず》くしかない。

「どうもお前は功を焦《あせ》ってドジを踏《ふ》むことが多いからな」

「うっ」

「父上に自分を売り込むことにかまけて、敵の襲撃《しゅうげき》に気づかなかったとか、普通《ふつう》にありえそうだからな」

「そ、そんなことないですよ」

そう言いつつも、ヒルデガルド自身、普通にありえそうだと思ってしまった。

基本的には自信過剰《かじょう》な気のある彼女だが、まさにそのことを考えていて周囲の警戒《けいかい》を緩めたのはつい先程《さきほど》のことである。

さすがに多少、心にくるものがあった。

そして、その動揺《どうよう》を見逃すほど、ジークルーネは甘い上司ではない。その鷹《たか》を思わせるような鋭《するど》い双眸《そうぼう》が、さらに疑わしげに細まる。

「いいか？　《炎《ほのお》》との会談は、《鋼《はがね》》の今後を左右する重要な交渉だ。雑事で父上を煩《わずら》わせるな。脅威《きょうい》は父上に気づかれぬよう排除《はいじょ》しろ。快適な旅にすること、それがお前の最重要任務だ。いいな？」

「あ、改めまして！　親衛騎団長《ムスッペル》ジークルーネが妹分、ヒルデガルドです。ま、まだまだ新人でいたらぬところもあると思いますが、よろしくお願いいたします！」

翌朝、勇斗に会うなり、ヒルデガルドは開口一番、深々と頭を下げた。

初対面が失禁しているところという最悪の出会いをしている。礼儀正しく、そのあたりの印象はなんとしても払拭《ふっしょく》しておきたいところであった。

「ん、おお。俺は剣の腕はからっきしだから。こちらこそ面倒《めんどう》をかけると思うがよろしく頼《たの》むな」

「は、はいっ！」

勇斗の返しに、ヒルデガルドはピンッと背筋を伸《の》ばして答える。

いかにも気さくな軽い感じの表情と口調ではあったが、その奥《おく》に一本筋が通っているというか、重厚《じゅうこう》な芯《しん》のようなものをはっきりと感じた。

このあたりは、さすが襲名《しゅうめい》二年で、弱小氏族だった《狼《おおかみ》》をユグドラシル有数の大氏族へと急成長させた男の貫禄《かんろく》なのだろう。

「あなたのことはルーネから聞き及《およ》んでおりますわ。将来有望だと。頼りにさせていただきますね」

勇斗の傍《かたわ》らに立つ金髪《きんぱつ》の女性が、ふんわりと優《やさ》しげに微笑みつつ握手《あくしゅ》を求めてくる。

勇斗の護衛兼《けん》副官を務めるフェリシアだ。

金髪碧眼《きんぱつへきがん》の、ジークルーネに勝るとも劣《おと》らない美女である。あちらは冷たく透明感《とうめいかん》のある雪のような美しさだが、こちらは柔《やわ》らかく暖かな陽の光を思わせた。

「よ、よろしくお願い致《いた》します」

手を握り返しつつ、ヒルデガルドはほほをひくつかせた。

ヒルデガルドもそれなりに容姿には自信があるのだが、さすがに彼女が相手では分の悪さを感じずにはいられない。

まったくさすがは大宗主《レギンアーク》である。正妃である美月《みつき》をはじめ、周りに美女が揃《そろ》っている。

（なんの！　あたしはまだ発展途上《とじょう》！　そのうちあたしだって……）

なんてヒルデガルドが内心で闘志《とうし》を燃やしていると、

「みんなおっはー！」

「みなさん、おはようございます」

明るい笑顔で天真爛漫なほうが姉のアルベルティーナ、澄《す》まし顔《がお》でそっけないのが妹のクリスティーナ。

《鋼《はがね》》傘下《さんか》の氏族の一つ《爪》の宗主ボドヴィッドの令嬢《れいじょう》であり、ヒルデガルドより年下、すなわち発展途上にして、美貌《びぼう》的にも極《きわ》めて将来有望な二人だった。

「おはようございます。アルベルティーナお姉様、クリスティーナお姉様」

丁寧《ていねい》な言葉とともに、ヒルデガルドは恭《うやうや》しくお辞儀《じぎ》すると、アルベルティーナがぱぁっと目を輝《かがや》かせた。

「おー、ヒルヒル！　そういえばヒルヒルもこの旅に同行するんだったねー」

「はい。まだまだ新参の未熟者の身ではございますが、皆様《みなさま》のご迷惑《めいわく》にならぬよう粉骨砕《ふんこつさい》身《しん》、任務に務める所存です」

ヒルヒルというなれなれしい呼ばれ方に、内心ピキッとは来たものの、ヒルデガルドはなんとかこらえて返す。

双子とジークルーネは共に勇斗を親とする姉妹《しまい》であり、ジークルーネの妹分であるヒルデガルドとの関係性も、一応、姉妹となる。

とは言え、双子は年下とはいえ大宗主《レギンアーク》周防勇斗の直盃《じかさかずき》を頂いている幹部、自分よりはるかに目上の存在である。滅多《めった》な口はきけなかった。

「ふふふ、今からそんなに力んでおられると、いざというときに疲《つか》れて身体が動かなくなりますよ」

「……はっ、気をつけます」

クリスティーナの言葉に、小さく頭を下げる。

その程度でどうにかなるような鍛《きた》え方《かた》はしていないと言いたいところだが、繰り返すが目上の存在である。

「どうです？　まずは水でも飲んで肩の力を抜《ぬ》いては……あっ、ごめんなさい」

「〜〜〜〜っ！」

そっと気まずそうに顔を背《そむ》けられ、ヒルデガルドは思わず下唇を噛《か》み締《し》める。

もちろん、いい性格をしたクリスティーナのことである。謝罪の気持ちなど露《つゆ》ほどもあるはずもなく、失禁騒動《そうどう》をネタにいじってきたのは明白である。

だが、何度も繰り返すが、目上の存在である。

耐《た》えるしかないのが下《した》っ端《ぱ》の辛《つら》いところであった。

(我慢、我慢よ、ヒルダ。この護衛任務でしっかり手柄《てがら》を立てて一歩一歩……ひっ！)

瞬間《しゅんかん》、背後から伝わってきた重々しい気配に、ヒルデガルドは総毛立つ。

この気配には、覚えがあった。

親衛騎団《ムスッペル》に入団して以来、ジークルーネに勝るとも劣らぬほどに、恐怖《きょうふ》の対象でもあった。

名をヒルドールヴ。

ヒミンビョルグ山脈の高地を根城にする獰猛《どうもう》な巨狼《きょろう》である。しっかり躾《しつ》けられているため、人間は襲《おそ》わないとの話ではあるが、それでも怖《こわ》いものは怖かった。

ヒルデガルドの中に眠《ねむ》る『獣《けもの》』も、この本物の野獣《やじゅう》の前では恐怖を覚えている。

「おー、きたきた。今回の会談の秘密兵器。よろしく頼むぜ、ヒルドールヴ」

「♪～～」

勇斗が言葉とともに頭を撫《な》でると、ヒルドールヴは目を閉じ、心地《ここち》よさそうにされるがままになっている。

「うわっ、とと」

しばし撫でると、お返しとばかりに今度はヒルドールヴが勇斗の顔を舐《な》め始める。

勇斗は楽しそうに笑っているが、ヒルデガルドにはぞっとしかしない光景だった。

あの獣は、その気になれば一噛みで人間の頭ぐらいは噛み砕《くだ》けるのだ。

そんな化物のアギトの真ん前で笑える度胸は、ヒルデガルドにはない。

つくづく大氏族を束ねる男は格が違《ちが》うと思い知る。

「ん、今度はそっちか？　よしよし」

続けて、勇斗は腹ばいになったヒルドールヴを撫でていく。

ユグドラシル広しといえど、伝説の巨狼に自ら降参・服従の姿勢を躊躇《ちゅうちょ》なく取らせる人間は、この黒髪《くろかみ》の少年ぐらいだろう。

「……この人に護衛とか、そもそもいるんだろうか？」

思わず自分の存在意義を疑い始めるヒルデガルドであった。


「あふっ」

《炎《ほのお》》との会談場所であるシトークに向け出立して二刻ほど、退屈《たいくつ》のあまり、ヒルデガルドの口からは我知らず小さなあくびが漏《も》れていた。

退屈である。

ただただただただ退屈である。

視界一面に広がる草原は、一向に代《か》わり映《ば》えしない。遠くにそびえるスルースヴァンガル山脈も、見る人が見ればその壮大《そうだい》さに圧倒《あっとう》されるそうだが、興味もない。

この旅の間になんとか勇斗とお近づきにと考えはしたものの、対象は背後を走る幌《ほろ》馬車の中である。

ヒルデガルドが抜擢されたのは索敵《さくてき》のためなので、当然、先頭を進むことになり、これでは会話のしようもない。

後ろを振り返っても、幌のせいでその姿も見えない。

本来は索敵任務に集中するべきなのであろうが、正直、飽《あ》きた。

「あーもう、敵でも襲ってこないかしら」

退屈のあまり、ヒルデガルドは護衛にあるまじきことをつぶやき、

「あらあら、今の発言は聞き捨てなりませんよ～？」

「うぐっ」

隣《となり》を並走《へいそう》していたクリスティーナに、にま～っとした笑顔を向けられ、今更《いまさら》ながらにヒルデガルドは自分の失態に気づく。

ヒルデガルドは姉のアルベルティーナ以上に、このクリスティーナが苦手だった。

というのも――

「ヒルデガルド殿が今回の旅に抜擢されたのは、あくまで索敵。敵に襲われないようにすること、でしょう？」

「ジークルーネお姉様にも、お父様のお気を煩わせないようにと厳命されておりますよね？」

「うっ、は、はい」

「ふふっ、ワタシはお父様の『耳』ですから。もう少し真面目に取り組まないと、出世など夢のまた夢ですよ？」

「な、なぜそれを……っ⁉」

「うぐっ、おっしゃる通りで」

一分の隙《すき》もない正論に、ヒルデガルドはうつむくしかない。

だが、ちらりと視界に映ったクリスティーナの顔は、無表情を装ってこそいたが、その目には明らかに愉悦《ゆえつ》があったことをヒルデガルドは見逃さなかった。

ただの注意なら我慢して聞けもするが、明らかにこちらをいじって楽しむつもりなだけの説教である。

クリスティーナは《風を打ち消すもの《ヴェズルフェルニル》》のエインヘリアルであり、先頭に立っているのはその能力で逆風を緩和《かんわ》するためらしい。姉は逆で、追い風を作る能力を持つ。

それで列の前後に離れ離れ《はなればなれ》になっており、どうも鬱憤《うつぷん》が溜《た》まってるらしく、ヒルデガルドを体のいい八つ当たり対象に定めたらしい。

格好の餌《えさ》を与《あた》えてしまったのが自分の脇《わき》の甘さからだというのはわかるが、それでもまったくたまったものではなかった。

「だいたいヒルデガルド殿は……」

「おーい、みんな。そろそろ昼飯にするぞー」

さらにクリスティーナが追撃《ついげき》を仕掛《しか》けようとしたところで、後方より勇斗の声が響《ひび》く。

思わず、ほっとヒルデガルドは安堵《あんど》の吐息をつく。

このままクリスティーナの毒舌《どくぜつ》を浴び続けていたら、精神力をすり減らされ、本当に任務に支障をきたすところだった。

「あー、あたし、下っ端なんで準備の手伝いを……ん？」

言いかけたところで、ヒルデガルドの鼻が、妙な臭いを嗅《か》ぎ取る。

ヒルデガルドの持つ《狼をまとうもの《ウールヴヘジン》》は、彼女に狼と同等の力を与える。その鋭敏《えいびん》な嗅覚《きゅうかく》が今、明らかに、別の集団の臭いを捉《とら》えたのだ。

耳を澄ませば、何を言っているかまでは聞き取れないが、はるか遠くで人の声がするのもわかった。

「クリスティーナお姉様、わたし、ちょっとお花摘《はなつ》みにいってきますね。ついでに一つ用事ができたのでそれも済ませてきます」

「ひーふーみー……五人かぁ。旅商人《たびあきんど》ってわけでもなさそうねぇ」

岩陰《いわかげ》に隠れつつ、ヒルデガルドははるか遠くの人影《ひとかげ》を数える。

豆粒《まめつぶ》ほどの大きさであるが、彼女の視力をもってすれば、視認《しにん》は容易だ。

「おい、ここでいいのか？」

「ああ、《鋼《はがね》》の大宗主《レギンアーク》と《炎《ほのお》》の宗主《パトリアーク》がシトークで会談するらしい」

「ふむ、それが本当ならこのあたりを通る、か」

ヒルデガルドの耳をもってすれば、この距離《きょり》でも男たちの会話を容易に聞き取れる。

本人は武功によって手柄を立てることを切望しているため気づいてもいないが、この斥《せっ》候《こう》任務にこそ、彼女は天性の才能があると言えた。

「ふむ、黒、ね。……っ!?」

ザッとすぐ背後で響いた足音に、バッとヒルデガルドは慌《あわ》てて振り返り、その姿を確認《かくにん》してほっと胸を撫で下ろす。

「アルベルティーナお姉様でしたか。驚《おどろ》かさないでください」

「えへへー、ごめんねー」

あどけなく笑うアルベルティーナだが、ヒルデガルドは内心舌を巻いていた。

ヒルデガルドの感覚は、妹のクリスティーナの潜伏《せんぷく》をも察知したものだが、どうやらのほほんとした性格とは裏腹に、隠形《おんぎょう》の技術は妹よりも上らしい。

ジークルーネがアルベルティーナのことを天性の暗殺者と評していたことに、大いに納《なっ》得《とく》するヒルデガルドである。

過去、感覚を研《と》ぎすませている状態でここまで誰《だれ》かの接近を許した記憶《きおく》は、ついぞなかった。

「ふむふむ、あの人達か、妙《みょう》な気配は～。あんま旅商人っぽくはないね～」

陽を遮《さえぎ》るように目の上で手を傘《かさ》にしつつ、アルベルティーナは男たちの様子をうかがう。

どうやら彼女も、その《力》によりなにかしら察知してここに来たらしい。

「はい、彼《かれ》らの話に聞き耳を立ててみましたが、どうにも怪《あや》しい連中です」

「へ～……ってこの距離で聞き取れるの？　アタシでもこの距離は難しいのに～」

「ええ、まあ」

わずかに口元が緩むのを感じつつ、ヒルデガルドは答える。

先ほど難なく背後を取られただけに、やられっぱなしは癪《しゃく》だった。

「彼ら、大宗主《レギンアーク》様がシトークに向かうことを知っていました」

「ん？　それがなんで怪しいの？」

「へ？」

問い返され、ヒルデガルドの口から思わず間抜《まぬ》けな声が漏れる。

シトークでの会談は現在、《鋼《はがね》》にとって最大級の極秘事項《ごくひじこう》である。少ない供で大宗主《レギンアーク》が敵地を移動しているのだ。断じて漏らすわけにはいかないものだ。

にもかかわらず、それが書簡が届いた翌日だというのに、あの連中に伝わっている。

これが怪しくなくてなんだというのか。

「え〜っと」

「ん？　なに？」

まじまじとヒルデガルドがアルベルティーナの顔を覗《のぞ》き込むが、彼女はきょとんとした顔で小首を傾《かし》げる。

この顔は、演技ではない。

明らかに、何もわかっていない顔である。

（なんでこんなアホが大宗主《レギンアーク》様の直盃を頂いてるのよー！）

心の中で雄叫《おたけ》びをあげるヒルデガルドであるが、彼女の苦悩《くのう》はまだ始まりにすぎなかった。

「クリス～、なんかお父さんがシトークに向かってること知ってるんだって～」

そんな中で、アルベルティーナは独り言をつぶやく。

とりあえず周囲を確認するが、クリスティーナらしき人物は視界になく、気配も感じられない。

本当に頭大丈夫だろうかとヒルデガルドが疑いかけたが、

「わかった～、じゃあまあ、ヤっちゃうねー」

「えっ⁉」

言うや、アルベルティーナが疾風《しっぷう》のごとく男たちのほうへと駆《か》けていく。

迅《はや》い。

ヒルデガルドも足の速さでは誰にも負けないとさえ思っているが、それに勝るとも劣らぬ健脚《けんきゃく》である。

「あーもう！」

ガシガシっと頭をかきむしるや、ヒルデガルドもアルベルティーナの後を追う。

自分の任務は索敵だ。

敵を見つけたら報告に戻るのが筋である。

が、アルベルティーナはその人柄《ひとがら》からか、勇斗をはじめ、《鋼《はがね》》の幹部たちに大層気に入られている。

もしここで彼女を見捨てて戻ろうものなら、それで彼女に万が一のことでもあれば、後が怖い。

「うっ⁉　な、なにや……」

アルベルティーナは男たちの背後に忍《しの》び寄るや、その一人の心臓にぐさりとナイフを突き立てる。

この距離をあっという間に詰めた俊足《しゅんそく》も然《さ》ることながら、五人の男たちの誰一人《だれひとり》として
アルベルティーナの接近に気が付かなかったその静粛性《せいしゅくせい》に恐《おそ》れ入る。

「ムッ、ムスカ⁉　こども⁉　むっ！」

敵に発見された瞬間、アルベルティーナはわずかに身体を右に傾《かたむ》けそちらに移動すると
思わせてから、超高速《ちょうこうそく》で左に跳《と》ぶ。

あれではおそらく、男には視界からいきなり消え去ったように見えたことだろう。

続けて大地を蹴《け》ってさらに方向転換《てんかん》。男の首元へとナイフは吸《す》い込まれていき――

キィン！

と、甲高《かんだか》い音とともに相手の持つ剣に弾《はじ》かれる。

「うそ⁉」

これにはアルベルティーナも意外だったらしく、驚きとともに目を白黒させる。

無理もない。今のはヒルデガルドの目から見ても惚《ほ》れ惚《ぼ》れとする動きだった。

あれを見切り、防ぐ。

とても只者《ただもの》とは思えなかった。

「ふんっ！」

「ととっ」

男が返しの刃《やいば》でアルベルティーナに斬《き》りかかり、彼女は後ろに飛び退《の》いてかわす。

「よくもムスカをやってくれたな！」

もう一人の黒頭巾《くろずきん》の男が、アルベルティーナに襲いかかる。

その太刀筋《たちすじ》は、先程の男以上に鋭い。

「うわわ」

慌てた声をあげつつも、アルベルティーナはしゃがみこんでその一撃も回避《かいひ》する。

そこへ容赦《ようしゃ》なく、黒頭巾の男が蹴りを放つ。

「うひぃっ！」

ぴょんっと横っ飛びしてその一撃からも逃《のが》れる。

本当にすばしっこい。

「おい、お前ら、気をつけろ。ただのガキではない！」

黒頭巾の男が忌々《いまいま》しげに声を張り上げる。

だが、それはヒルデガルドには実に好都合だった。

まず、誰がこの一味の頭なのかが把握《はあく》できた。

くわえて、あまりのアルベルティーナの子供離れした動きもあり、その一声で敵の意識がアルベルティーナに向かってくれた。

すなわち、もう一人の敵の存在に彼らは気づいていない。

ヒルデガルドは腰《こし》のナイフを静かに抜き放ち、敵の後頭部目掛《めが》けて投擲《とうてき》する。

「がっ⁉」

完全に死角からの一撃は、狙《ねら》い通りに男の頭を貫く。

「なに⁉　まだ他にも⁉　ぐあっ！」

男たちの意識が今度はヒルデガルドにどうしても引きつけられる。

そしてその隙を見逃すアルベルティーナではない。すかさず敵の一人の懐《ふところ》に飛び込み、心臓を一突《ひとつ》きする。

あどけない顔をして、実にえげつなかった。

「これで二対二、ね。アルベルティーナお姉様、そちらはお願いしますね。この黒頭巾はあたしがお相手させて頂きます」

「え～、そっちのほうが強そうで楽しそうなのに～」

「この男がどうも、この一味の頭目のようですので。捕縛《ほばく》するなら、腕力的《わんりょくてき》にあたしのほうが適任かと」

「むぅぅ、そっかぁ。わかった～」

若干《じゃっかん》不服そうに眉《まゆ》をひそめつつ了承《りょうしょう》するアルベルティーナに、ヒルデガルドはぺろりと舌を出す。

アルベルティーナはその体術こそ神がかり的なものがあるが、腕力は普通のこどもと大差ないと聞いている。今の言葉に嘘《うそ》はないが、一方で全てでもない。

（ふふふっ、頭を捕《と》らえれば大手柄よね）

こういうこずるい打算は早いヒルデガルドであり――

そして、大抵《たいてい》の場合、その打算の結果、悪い目を引き当ててしまうのが彼女であった。

キィン！　キィン！　キィン！

「うわったた⁉」

黒頭巾の男の攻撃《こうげき》の嵐《あらし》に、ヒルデガルドは思わず後ろにたたらを踏む。

今のわずかな打ち合いだけで、はっきりとわかった。

剣《けん》の速さも重さもヒルデガルドが上回っていたが、こと技量に関してははるかに相手が彼女を凌駕《りょうが》している。

「な、何者よ、こいつ……」

ヒルデガルドは決して弱くない。

実際、《鋼《はがね》》最強の呼び声が高い親衛騎団《ムスッペル》の中でも、ジークルーネ以外の相手に不覚を取ったことはただの一度もない。

その彼女をこうもあっさりと圧倒するなどエインヘリアル以外考えられない。

「ふふっ、俺はガキ相手にも容赦はせんぞ」

ニィッと口《くち》の端《は》を吊《つ》り上げ、黒頭巾の男が追撃をしかけてくる。

「なにをっ、ふぬ、あうっ、ととっ！」

ヒルデガルドも負けじと応戦するも、数合のうちに劣勢《れっせい》に追い込まれてしまう。

繰《く》り返すが、一撃一撃《いちげき》は決して速くもなければ重くもないのだ。

だが、そのつなぎが異様に速い。そのため打ち合いになると、競《せ》り負けてしまうのである。

「つうっ⁉」

そしてついに、頭巾の男の剣先《けんさき》が、ヒルデガルドの左肩《ひだりかた》を切り裂《さ》く。

幸い、傷は浅く、戦闘に支障はないが、内心の焦りは増す。

思考が頭の中でぐるぐる回って、打開策が浮《う》かばない。

「ふん！　はっ！　せいっ！」

「うわた！　とっ、ひっ⁉」

そうこうしている間にも、どんどん黒頭巾の男の攻撃は鋭さを増し、ヒルデガルドは追い詰められていく。

（や、やばい～⁉　このままじゃ……ううっ、もう一《いち》か八《ばち》か『獣』を……）

ヒルデガルドには、心の内に飼う『獣』を解き放つことで、身体能力を大幅《おおはば》に引き上げるという特技がある。

もっとも、これは理性を失う諸刃《もろは》の剣であり、先にはそれで大失敗したこともあり、禁じ手としていた。

だが、今はそんなことを言っていられる状況《じょうきょう》ではない。

いよいよ覚悟《かくご》を決めかけたところで――

不意に攻撃が止《や》み、黒頭巾の男が後ろに大きく跳ぶ。

一拍遅《いっぱくおく》れて、彼が元いた場所付近にナイフが突《つ》き刺《さ》さる。

投げたのはアルベルティーナである。その足元には先程まで相手をしていた男を組《く》み伏《ふ》せている。

「ちっ、不甲斐《ふがい》ない部下どもだ。さすがに二対一は厳しいな」

吐《は》き捨て、男はくるりと踵《きびす》を返し、逃走《とうそう》を図る。

「まっ……」

追いかけようとはしたものの、ヒルデガルドの足は動いてくれなかった。

脚力《きやくりよく》だけなら、ヒルデガルドが明らかに上だ。

だが先の攻防《こうぼう》で、手も足も出なかったことは思い知らされている。

追いついたところで、返り討《う》ちにあうのが関の山である。

「う、う、うううううっ！　畜生《ちくしよう》ーっ！」

あまりの悔《くや》しさに、ヒルデガルドはダンダンと地面を踏みしめ、天に向かって吼《ほ》えることしかできなかった。

まごうことなき、負け犬の遠吠《とおぼ》えそのものだということに、彼女は気づいていない。

「ふむ、カシラを取り逃してしまった、と」

遅《おく》れて現場に到着《とうちやく》したクリスティーナが、やれやれといった体で溜め息《いき》をつく。

今頃《いまごろ》のこのこやってきて、そんな責める感じで言われると、どうにもむかっ腹の立つヒルデガルドである。

もちろん、盃《さかずき》の貫目《かんめ》はクリスティーナのほうが上なのでそんなことはおくびにも出さないが。

「うん、ヒルヒルが任せてって言うから」

「うっ」

後頭部の後ろで両手を組んであっけらかんと言うアルベルティーナに、ヒルデガルドは思わず棒でも呑《の》み込んだような顔になる。

実際、そうなので反論のしようがなかった。

「まあ、いいでしょう。とりあえず一人は捕《つか》まえられたわけですし」

ヒルデガルドの様子に嗜虐心《しぎゃくしん》を満足させたのだろう、クスッと小さく微笑《ほほえ》んでからクリスティーナは捕まえた男の前にしゃがみ込む。

「さて、あなたたちは何者です？　どうしてお父様がシトークへ向かうことを知っていたんです？」

「ぺっ！」

ひょいっ。クリスティーナの質問に男は唾《つば》を吐きかけるも、彼女はそれを読んでいたらしく、あっさりと回避する。

「うわっ⁉」

そして、クリスティーナの後ろにいたヒルデガルドのスカートに被弾《ひだん》する。

クリスティーナの身体で死角になっていて、気づくのが遅れた。

今日はつくづく厄日《やくび》かもしれない。

「ふふっ、このワタシに対して、いい度胸です。これでも情報部隊を取り仕切っている身、吐かせる方法は熟知しています」

「へっ、拷問《ごうもん》でもするってか。おもしれえ。痛みには慣れてる。てめえみたいなガキが何かしたところで蚊《か》ほどにも感じねえよ」

「ええ、まさしく蚊ほどにしか感じないでしょうね」

言うや、クリスティーナが懐から鳥の羽根を取り出す。

ヒルデガルドは鳥の種類には明るくないので何の鳥のものかは判別がつきかねたが、かなり大型の鳥のもののようだった。

「ヒルヒル、その男の靴《くつ》を脱《ぬ》がせて」

「えっ⁉　……はい」

こんなむさそうな男の靴を脱がせるなど、一四歳《さい》の乙女《おとめ》としてはなかなかに抵抗《ていこう》があったが、上官の命令には逆らえない。

言われた通りに脱がせる。地味に臭《くさ》かった。

「さて、と。拷問が痛めつけるだけなんて、古いですよ？」

「あん？　くすぐりでもするつもりか？　そんなもんで、うくく、俺《おれ》がしゃべるとでもうひゃひゃひゃ！　やめ、いいかげんに、うひゃひゃっ！」

クリスティーナがつーっと足の裏を鳥の羽根でやさしく擦《こす》り上げるたび、我慢《がまん》しきれない感じで男が大笑いする。

縄で木にぐるぐる巻きにふん縛《じば》られているので身体をよじることすら許されず、悶え続ける。

子供だましと侮《あなど》るなかれ。

くすぐりは、世界各地で見られるれっきとした拷問である。日本でも、江戸《えど》時代では遊女の拷問に使われていた。

最初はくすぐったくて苦しいだけだが、やがて――

「うひゃひゃひゃっ、げほげほっ！　うひゃひゃ！　ひーひー！　く、くる、うひゃひゃひゃひゃひゃっ！　し、しぬ……」

ただ笑っていた男の様子がおかしくなってくる。

顔が青ざめ、唇《くちびる》が青紫《あおむらさき》色《いろ》に染まってくる。

いわゆる笑いすぎによる呼吸困難である。

「はあ……はあ……はあ……はあ……」

たっぷり三〇〇秒ほどくすぐり続け、ようやくクリスティーナのくすぐり攻撃が止む。

クリスティーナはこれみよがしに鳥の羽根を男の前で揺《ゆ》らし、

「どう、話す気になった？」

「けっ、お、俺がこの程度《ていど》で参ると思ったか」

「あっそ、じゃあ、続行」

「うひゃひゃひゃひゃ！」

再度の拷問実行。

時々の間を空けつつ、実に一刻（二時間）に至り、ついに男が折れた。

「はーはーはー、は、話す！　話すからもうやめてくれっ！」

すでにその目は涙《なみだ》でぼろぼろ、顔は悲壮感《ひそうかん》と疲労感《ひろうかん》でぐったりしており、声にはこれでもかと必死さがこもっていた。

なかなかに相当な地獄《じごく》だったのだろう。

「ふむ、素直《すなお》になってくれたようでけっこう」

クリスティーナは鷹揚《おうよう》に頷《うなず》き、男はほっと安堵の吐息《といき》を漏らす。

仲間を裏切った罪悪感もあるようだが、それ以上に助かったと、その顔に書いてある。

「ですが信用ならないので、もう少し素直になれるようにしておきましょう。そうですね、あと半刻ほど」

「へ？」

サーッと男の顔が青ざめる。

天国から地獄とはこの事だった。

「うふふふ……」

邪悪《じゃあく》な微笑みとともに、クリスティーナが鳥の羽根を振《ふ》りながら男へと近づいていく。

思わずヒルデガルドは、天を仰《あお》ぎ、黙祷《もくとう》を捧《ささ》げたのだった。

男の笑い声がこだまする。


「では改めて、貴方《あなた》がたは何者です？　ちなみに嘘だとわかったらまた拷問ですよ？」

さらに半刻の拷問の後、クリスティーナが笑顔《えがお》で問いかける。

すでに男はぐったりとして、性も根も尽《つ》き果て、もう抵抗する気力すら残ってないようだった。

自嘲《じちよう》するような笑《え》みとともに、かすれた声でつぶやく。

「俺たちは……ドヴェルグだ」

「っ！」

クリスティーナの顔色が傍目《はため》にもわかるほど一瞬《いつしゆん》で変わる。

その理由が、ヒルデガルドにも嫌《いや》というほどわかった。

ドヴェルグ信仰——

このビフレスト一帯にかなり古くから根付いている土着信仰《しんこう》の一つである。

神聖アースガルズ帝国《ていこく》が勃興《ぼつこう》し、《狼《おおかみ》》がこの辺りを根城にしたあたりで、アングルボダ信仰が隆盛《りゆうせい》し、かなり下火になっているが、未《いま》だ数千ともいわれる信者を抱《かか》える大教団である。

「なるほど、うちの兵士たちの中にも、そりゃ信者がいてもおかしくない、か」

やれやれといった体で、クリスティーナは嘆息《たんそく》する。

勇斗率いる《鋼《はがね》》は、氏族としてはアングルボダを守護神と定めているが、民にまで強く押《お》し付けてはいない。

宗教関連には踏《ふ》み込《こ》まないほうがいいという勇斗の判断だが、その寛大《かんだい》さに付け込まれたといえる。

「で、大宗主《レギンアーク》様を待ち伏《ぶ》せして、どうするつもりだったのです？」

「そ、それは……」

まだやはり教団への忠誠心が残っているらしく男が口ごもるも、

「そうですか」

「うわぁっ！　しゃべる！　しゃべるから！」

クリスティーナが鳥の羽根を構えると、途端《とたん》にぶるぶると身体を震《ふる》え出させる。

クリスティーナのくすぐりは、慣れているのか熟練の技に足しているのか、よほど地獄の苦しみだったらしい。

「……大宗主《レギンアーク》を暗殺するための、その偵察《ていさつ》だ」

「へ～、なかなか穏《おだ》やかじゃありませんね」

元々、クリスティーナは冷たい声の持ち主ではあったのだが、更《さら》に温度が下がる。

はたで聞いていたヒルデガルドがぞっとするほどである。

「ほえ～、でもなんでお父さんを？　お父さん、皆《みな》を幸せにしてると思うけどな～。神様大喜びしてると思うんだけど」

アルベルティーナが不思議そうに小首を傾げる。

確かに彼女《かのじょ》の言う通り、勇斗の統治下の民の生活の質の向上は著《いちじる》しい。

食糧《しょくりょう》の生産も爆発的《ばくはつてき》に増え、餓死者《がししゃ》も大幅に減っている。

これでなぜ教団から狙われなければならないのか、理不尽《りふじん》もいいところである。

あるのだが、

「それが気に入らないのですよ、彼らは」

ふんっと嘲笑《ちょうしょう》を隠《かく》すことなく、クリスティーナは鼻を鳴らす。

ヒルデガルドも同感だった。

彼女も、ドヴェルグ教団の教義は知っている。

それにならえば、たしかに勇斗の存在は害悪以外の何者でもない。

「ドヴェルグは、変化を嫌《きら》います。帝国より以前、民が最も幸せで穏やかだった聖王フロールの時代に戻《もど》ろう。そんな集団です」

「そんなに良かったの？　その聖王さんの時代って」

「一応そう言われてはいますが、人間、昔を美化するものですから。まあ、普通《ふつう》に考えて、お父様の治世のほうが数倍上でしょうね」

「うん、だよねー！　お父さんのおかげでおいしい砂利《じゃり》なしパンも食べられるようになったんだし！」

ニパッと笑顔になり、アルベルティーナがうんうんと頷く。

さすがに砂利なしパンは、問題の規模が小さすぎるのではないかとヒルデガルドは思ったが、突っ込むのは野暮《やぼ》だということぐらいは、彼女にもわかった。

「アル姉の戯言《たわごと》はさておき」

「た、たわごと⁉」

「ええ、戯言です」

「あうう！　きっぱり言われたぁ」

「最近、ドヴェルグ教団の教義に疑問を感じて脱退《だったい》する信者が増えだしているという情報が、ワタシの耳に入ってきております。お父様の存在自体が邪魔《じゃま》で仕方なかった。大方、その辺ですかね？」

チラリと捕まえた男を見下ろしつつ、確認するようにクリスティーナは問う。

彼女の言葉が正しいかどうかは、男の顔がよくよく物語っていた。

「本末転倒《ほんまつてんとう》もいいところですね」

ヒルデガルドも思わず苦笑《くしょう》する。

幸せだった昔に戻ろうという教義は、今より幸せになるため、だったはずだ。

それがいつの間にか、昔に戻ることのほうに重きを置き、皆を幸せにしてくれる王を暗殺しようとしている。

明らかに目的と手段が入れ替《か》わっていた。

「そんなことにも気づかぬ馬鹿……というには、少々あの頭巾の男、腕《うで》が立ちすぎましたね」

思い出し、ヒルデガルドはぶるっと身体を震わせる。

正直、まともにやりあって勝てる気がまるでしなかった。

他の者たちも、相当な練度だった。

どうやら会談までの旅路は、一筋縄ではいかないようだった。


「……くん、くん、どうやらあの森のようです」

鼻を小さく鳴らすや、ヒルデガルドは南東に広がる森を指差した。

逃《に》げた黒頭巾の男の臭いを追ってきたのである。

狼の嗅覚を持つヒルデガルドならではの芸当である。

ドヴェルグ教団ではお祈《いの》りの際、香を焚《た》く習慣があるらしく、たどるのは実に容易いことであった。

「うわぁ、ヒルヒル、よくわかるね～。アタシ、臭いとか全然感じないよ～」

アルベルティーナが感心したように、ぱちぱちと手をたたく。

心からの称賛《しょうさん》は、やはり気持ちのいいものである。

「まあ、取り逃したのもヒルヒルですけどね。汚名返上《おめいへんじょう》までにはもうひと押しほしいところです」

「うぐっ」

そして、妹のほうはといえば、いつもの通りの毒舌である。

少しぐらいは姉を見習ってほしいと思うヒルデガルドだった。

「人数はわかりますか？」

「少し待ってください」

言って、ヒルデガルドは深呼吸し、耳に意識を集中させる。

心の中の『獣《けもの》』を部分的に解放し、聴覚《ちょうかく》を引き上げていく。

戦闘《せんとう》で解放すると、闘争《とうそう》本能が暴走し理性が消し飛んでしまうのだが、こういう戦闘時でない状況なら、多少解放しても制御《せいぎょ》ができる。

「～～～～」

「～～～～」

何を言っているのかまではさすがに聞き取れなかったが、声色《こわいろ》は判別できる。

「〜〜〜〜」

地道にそれを使って数えていき、

「確認できた範囲《はんい》では、四六人です。ど、どうしましょう？」

今回の旅は、《炎》《ほのお》を刺激《しげき》しないため、一〇人という少人数での編成となっている。

敵の数は四倍強、いかに親衛騎団《ムスッペル》の腕利《うでき》きやエインへリアルという精鋭《せいえい》中の精鋭とは言え、この人数を相手に勇斗を守るのはなかなか骨が折れそうだった。

「ふむ、そんな人数に襲《おそ》われたら、ひとたまりもありませんね」

クリスティーナも同じことを考えたようだった。

口元に手を当てて、しばし考《かんが》え込み、

「では、ワタシたち三人で奇襲《きしゅう》をかけましょう」

「っ⁉」

ケロリと言われ、ヒルデガルドはギョッとする。

四六人である。

実に一五倍である。

一〇人でもきついというのに、三人でやろうとは、計算があまりにもおかしいというしかなかった。

「いかにあたしたちがエインヘリアルとは言え、さすがに無謀《むぼう》すぎません？」

「ええ、普通にやりあえば、そうでしょうね。ですが、ワタシに必勝の策あり、です」

不安げなヒルデガルドに、クリスティーナはピンっと人差し指を立て、自信満々にそう笑ってみせたのだった。


「ううっ、さびさび。さすがに冷え……うぐぁっ！」

小便でもするつもりだったのか、ごそごそとズボンを下ろそうとした男の額に、ヒルデガルドは容赦なく矢を打ち込んだ。

戦争で最も人を殺傷する武器は、実は剣でも槍《やり》でもなく、弓矢である。

エインヘリアルに目覚めて以来、当然、ヒルデガルドも並々ならぬ研鑽《けんさん》を積んでいる。

それなりに距離はあったが、この程度、彼女には楽勝だった。

「むっ、なにやつ！」

異常に気づき、近くでたむろしていた男たちが一斉《いっせい》に武器を手に立ち上がる。

そこにすかさず、ヒルデガルドは立て続けに矢を放っていく。

ヒュン！　ヒュン！　ヒュン！

「ぐあっ！」

一人には避《さ》けられ、一人には剣で払《はら》われたが、一人には見事命中する。

そこまではよかったのだが、

「っ！　あそこだ！」

当然、矢の飛んできた方向から、こちらの位置はばれる。

「ガキ⁉　チッ、舐《な》めたことしやがって！」

「そこを動くな！」

「ひん剥《む》いて犯《おか》してやる！」

荒《あら》っぽい怒号《どごう》とともに、一〇人ほどの男が恐ろしい形相でこちらに向かって走ってくる。

一対一なら負ける気はしないが、さすがにヒルデガルド一人ではこの人数を一度に相手にするのは厳しい。

ひょいっと身体を翻《ひるがえ》し、その場から遁走《とんそう》する。

「待てこらぁ！」

「俺たち相手にこんなことしてただで済むと思うな！」

追い駆けてくるが、脚力において、彼らなどヒルデガルドの敵ではない。

あっという間に引き離《はな》し、

「ちくしょう！　どこ行きやがった⁉」

「まだそう遠くへは行ってないはずだ。探すぞ」

キョロキョロと辺りを見回す男たちを、ヒルデガルドは木の陰《かげ》に隠れてやり過《す》ごし、その背後から襲い掛《か》かる。

「がっ⁉」

「なに⁉　ぐあっ！」

完全に不意をついた攻撃に、男たちは迎撃《げいげき》態勢をとることすらかなわず、あっさりとヒルデガルドに斬り伏せられる。

「いたぞ！」

「あそこだ！」

「おっと！」

他の追手に見つかり、ヒルデガルドはすかさず踵を返して、障害物を巧《たく》みに使って彼らの前から姿をくらます。

「ぐあっ！」

「ぎゃあっ！」

少し離れたところで、男たちの悲鳴が上がる。

おそらくはアルベルティーナかクリスティーナがやったのだろう。

これがクリスティーナの立案した作戦だった。

確かにまともにやりあえば、いかにエインへリアルといえど、この人数相手には厳しい。

しかし、この鬱蒼《うっそう》とした森の中は、《鋼《はがね》》でも飛び抜《ぬ》けて気配を殺すことと察知することに長《た》けたヒルデガルドたち三人にとって、その能力を最大限に活《い》かすことができる。

相手はこちらの位置をすぐに見失い、こちらは敵の気配を感知できるのだ。

「おっ、気配がまた二つ消えてる。こっちも負けてられないわね」

大樹の陰に身を隠しつつ、ヒルデガルドはクスリと笑う。

やはり勇斗の直盃《じかさかずき》をもらうだけある。

自分より年下だというのに大したものだった。

この調子なら、相手がどれだけいたところで敵ではない。

「っ!」

突如《とつじょ》、ゾクッと背筋に悪寒《おかん》が疾り、直感に従いその場から飛び退く。

カカッ! と一拍遅れて、木にナイフが二本突き刺さる。

ナイフが放たれた方向に目を向け、ヒルデガルドは顔を引き攣《つ》らせる。

彼女が先の戦いで手も足も出なかった黒頭巾の男が、鷹《たか》のように鋭《するど》い視線で彼女を見据《みす》えていた。

すでにその名は、捕虜《ほりょ》から聞き出してある。

ドヴェルグ教団最強の暗殺者、モートソグニル。

黒衣の死神と呼ばれる男だった。


「後をつけられていたか。ふん、俺に悟《さと》らせなかったのは褒《ほ》めてやろう」

黒頭巾の男モートソグニルが剣を鞘《さや》から引き抜きつつ言う。

隙《すき》だらけのようで、まるで隙がない。

自分に放たれる殺気も鋭く、思わずヒルデガルドはゴクリと唾を飲《の》み込む。

「ふ、ふふん、大したことなかったわよ？」

後をつけたのではなく、臭《にお》いを辿《たど》ったのだが、彼《かれ》がそれを知るはずもない。

褒めてくれるのなら、勘違《かんちが》いでもそれを素直に受け取るのがヒルデガルドの流儀《りゅうぎ》だ。

なにより、駆《か》け引きは戦の要《かなめ》である。

「あ、あんたたちの企《たくら》みはもうバレバレよ。と、とっとと投降することね」

まともにやりあっては勝ち目はないのだ。

虚勢《きょせい》でもこちらを大きく見せ、相手の戦意を奪《うば》う作戦である。

「くくっ、そんな震えた声で言われてもまるで説得力がないぞ」

「うっ」

こちらの企みのほうがバレバレだった。

動揺《どうよう》がすぐに表に出てしまう自分の胆力《たんりょく》のなさがつくづく嫌になる。

「だが、やってくれたものだ。俺が手塩にかけて育てた部下たちを何人も……。おかげで襲撃《しゅうげき》計画を見直さねばならん。その代価は支払《しはら》ってもらうぞ」

言うや、モートソグニルが斬りこんでくる。

キィン！

ヒルデガルドも慌《あわ》てて剣を抜き放ち、それを受け止める。

キンキンキィン！

「とっとっとっ！」

立て続けの連撃に、ヒルデガルドは焦《あせ》りつつもなんとか防ぐ。

相も変わらず連撃の「間」が恐《おそ》ろしく短い。

間違《まちが》いなく、技量ではるか上をいかれている。

途端に防戦一方にされるが、かすかな違和感《いわかん》を覚える。

（あれ、前より大したことない？）

先の戦いではあっさりと追いつめられたというのに、今回は守勢ながら若干の余裕《よゆう》がある。

相手の動きが、見える。

次はこう、次はこうというのがなんとなくわかるのだ。

いわゆる慣れだった。

たった二戦で慣れるあたりは、ヒルデガルドの持つ才能の大きさである。

「見切ったぁっ！」

先読みした振り下ろしの一撃《いちげき》を、渾身《こんしん》の力を込めてヒルデガルドは弾《はじ》き返す。

筋力はこちらがはるかに上であり、さしもの巧者《こうしゃ》モートソグニルをもってしても受け流すことはできなかったらしく、剣を持った手を大きく跳《は》ね上げられる。

「もらった！」

刃を切り返し、踏み込みとともにがら空きの胴《どう》へと横なぎの一閃《いっせん》を放とうとし――

「プッ！」

「たっ⁉」

モートソグニルが口から吹《ふ》き出した何かが額を痛打し、頭がのけぞる。

視界の隅《すみ》でその正体を捉《とら》える。

小石である。

いざという時のために、あんなものを口の中に含《ふく》んでいたとは！

「ごふっ！」

驚《おどろ》きもつかの間、次の瞬間《しゅんかん》には強烈《きょうれつ》な衝撃《しょうげき》が左わき腹を襲い、ヒルデガルドは苦悶《くもん》の声とともに吹き飛ぶ。

脚《あし》を振り上げたモートソグニルの姿勢から、どうやら自分が蹴《け》られたのだということを把握する。

脚を踏んばって、なんとかこらえるも、蹴られた箇所《かしょ》が猛烈《もうれつ》に痛む。

やはり相手が何枚も上手なのだと思い知る。引き出しの数があまりにも違《ちが》いすぎる。

「ふん、また味方の気配が減っている。まだ他にも仲間がいるようだな。貴様ごときに手間をかけてはおれん。さっさと死んでもらうぞ」

「はっ、や～なこった！」

言うや、ヒルデガルドはモートソグニルに背を向け駆け出す。

「むっ！　待て！」

「待てと言われて待つやつがいるか！」

叫《さけ》び、走る速度を上げる。

氏族のために命を捨てる。そんな高潔さとは彼女は無縁《むえん》である。

正面からやって勝ち目はない以上、逃げるが勝ちだった。


「ふ～、とりあえず撒《ま》いたかな？」

一気に森の中をジグザグに駆け抜け、ふ～っとヒルデガルドは一息つく。

気配を探《さぐ》ると、こちらを追ってきてはいるもののずいぶん引き離せたようだった。

「よし」

パァンと頬《ほお》を叩《たた》いて、気合を入れ直し、ヒルデガルドはするするっと近くにあった木をよじ登っていく。

やられっぱなしは性に合わない。

待ち伏せしての奇襲作戦であった。

（きたきた）

矢を引き絞《しぼ》りつつ、視界にモートソグニルの姿を捉え、ヒルデガルドは舌なめずりをする。

おあつらえ向きに、こちらに背まで向けている。

ヒルデガルドの信念に、正々堂々の文字はない。

要は勝てばいいのである。

(もらった!)

しっかりと狙《ねら》いを定め、必殺の矢を放つ。

吸《す》い込まれるように、矢はモートソグニルの背中に突き刺さり、そのまま数歩よろよろとたたらを踏み、前のめりに倒《たお》れる。

「よっしゃー!」

思わずヒルデガルドは雄《お》たけびとともに、グッと拳《こぶし》を握《にぎ》りしめる。

拍子抜《ひょうしぬ》けするぐらいにあっさりではあったが、どんな猛者《もさ》も不意を突けば脆《もろ》いものである。

「カシラをやったんだから、一番手柄《てがら》はあたしよね~」

戦果を確認《かくにん》するため、木の枝から飛び降りて、鼻歌まじりにヒルデガルドは倒れ伏《ふ》したモートソグニルに近づき——

ガシッ!

その腕を掴まれ、視界がくるりと反転する。

「へっ？」

そのまま腕を背中越《ご》しに捻《ひね》られ、もう片方の手で首根っこを掴まれ、馬乗りになって組み敷《し》かれる。

抵抗する間さえない一瞬の早業《はやわざ》だった。

「ぐっ！　な、なんで……っ⁉」

息苦しさを覚えつつも、なんとかヒルデガルドは問う。

彼女の矢は、間違いなくモートソグニルの心臓付近に命中したはずだった。

いかにエインヘリアルといえど、心臓を貫《つらぬ》かれて生きていられるはずがない。

意味がわからなかった。

「鬼《おに》ごっこでは勝てる気がしなかったのでな。少々、小細工を使わせてもらった」

「こ、こざ……あーっ！」

視界の端《はし》に、矢の刺さった丸太を捉え、思わず声をあげる。

こちらが奇襲してくることを読み、外套《がいとう》の中に丸太を仕込《しこ》んでおいたのだろう。

そしてやられたと見せかけ、ヒルデガルドをまんまとおびき寄せたのだ。

完全にしてやられた格好である。

「残念だったな、嬢《じょう》ちゃん。お前みたいな小便くさいガキとはくぐった修羅場《しゅらば》の数が違う。まあ、悪く思うなよ？」

勝ち誇《ほこ》った声とともに、ギリリッと喉《のど》にかかった指の圧力が増す。

思わず息が詰《つ》まる。

このままどうやら絞《し》め殺すつもりらしい。

すぐ間近にある『死』の恐怖《きょうふ》に、キュッと心が締《し》め付けられる。

「……偉《えら》そうに能書き垂れてるところ悪いけど、捕まえたのはあたしのほうよ？」

自由だった左手で、首を絞めるモートソグニルの手首を掴み、ヒルデガルドは笑う。

ここのところ不幸続きだったが、土壇場《どたんば》での悪運は尽きていなかったらしい。

まさかこんな有利な体勢になれるとは！

ただただ天に感謝しつつ、ヒルデガルドは自らの内に潜《ひそ》む『獣』を解放する。

「あん？　この状態で貴様になにがぐあああっ！」

モートソグニルが突如、苦悶の声を張り上げる。

と、同時に、ヒルデガルドの首を絞める力も弱まる。

『獣』を解放したヒルデガルドの握力《あくりょく》は、もはや人のそれではなかった。

ミシミシッとモートソグニルの骨が嫌な音をあげる。

「貴様、はな……なっ⁉」

反撃《はんげき》に苛立《いらだ》っていたモートソグニルの声が、ヒルデガルドの眼光に射抜《いぬ》かれ凍《こお》りつく。

彼は理解したのだ。

ここにいるのは、人間の力を大きく超《こ》えた野獣《やじゅう》だと。

そして、すでに自分がその獣に捕まってしまっていることを。


「……ん？　どうやら生きているみたいね」

ハッと意識が戻る。

まずは自分の命があることに、ほっとする。

『獣』のときは意識がないから、不安極《きわ》まりなかったのだ。最悪、『獣』を解放する前がヒルデガルドの意識のあった最後の瞬間だった、なんてこともありえたのだから。

「ん？　うわっ！」

足元に、血みどろの肉塊を発見し、思わずのけぞる。

ほとんど原型を残していないが、その服や黒頭巾《くろずきん》を見ると、どうやらモートソグニルのなれの果てらしい。

しかし、グロい。

我ながらここまでやることはないのにと思うほどグロい。

やはり『獣』の解放は最終手段だと再認識《さいにんしき》するヒルデガルドである。

「どうやら、他も片付いたみたいね」

すでに森には人の気配がなく、代わりにおびただしい血の臭いが立ち込めている。

どうやらアルベルティーナが片づけたのだろう。

さすがである。

「へえ、一人でやるとは、やるじゃないですか」

パチパチと拍手《はくしゅ》とともに、うっそうと茂《しげ》る木々の間からクリスティーナが現れる。

わずかも息は乱れておらず、服にも返り血はない。

彼女が戦闘ではなく、作戦立案及《およ》び後方支援《しえん》だということはわかっているが、どうしてもズルいとも感じてしまうヒルデガルドである。

「ふふん、まあ、あたしの手にかかればこんなものですよ！」

得意げに胸を張りつつ、ヒルデガルドは鼻を鳴らす。

敵一味の大将格を討《う》ち取ったのだ。

文句なしの一番手柄である。

大いに鼻高々なヒルデガルドであったが、なぜかクリスティーナの顔に浮《う》かぶ感情は、哀《あわ》れみだった。

「ご満悦《まんえつ》のところ水を差すようで申し訳ございませんが……」

そういって、クリスティーナは自らの股間《こかん》をポンポンと叩く。

そのしぐさに嫌な既視感が頭をよぎり、そして、股間に感じる嫌な感触《かんしょく》にサーッと先程《さきほど》までの高揚感《こうようかん》が嘘《うそ》のように血の気が引いていく。

これは……これはまさか……。

おそるおそるうつむき、自らの股間を確認する。

そこにある染《し》みを確認し、

「またあ!?　いやあああああああああああ!!」

ヒルデガルドの魂《たましい》の絶叫《ぜっきょう》が、森の中をこだまする。

最後の最後で締まらないのは、もはや彼女の運命なのかもしれない。

……。

…………。

それでも、強敵を倒し手柄をあげたことは、彼女の中で大いなる自信となった。

しかし、《炎《ほのお》》宗主織田信長と遭遇《そうぐう》し、完膚《かんぷ》なきまでにそれを打ち砕《くだ》かれ、またたちびることになるのは、この翌日のことである。

つくづく、不幸の星の下に生まれた娘《むすめ》であった。

あとがき

お久しぶりです、鷹山です。

百錬アフターストーリーまたの名をファンディスク第一巻になります。

今回はページに余裕があるので、収録した話のコンセプトを語っていきたいと思います。

アクト1。コンセプトは『オーバーキル』。

いろいろ本編の冒険を終えて、LV99になってから最初のボスと戦ったらどうなるか。

まあ、うん、スペック的には今回のボス、めちゃくちゃ英雄なんすよね。

うん、ちょっと書いててこの話のボスがまじでかわいそうになりました。

筆はけっこうノッたんですけどね。

ちなみに、歴史的に実在はする人物です。キン〇ダムの〇信並に脚色しましたけど。

アクト2。コンセプトはずばり『とにかくアルベルティーナが主役の話』。

今巻で一番描くのを苦労した作品。

実を言えばアルベルティーナって、鷹山的には一番描くのが難しいキャラなんですよね。

一方、片割れのクリスティーナはヒロインの中で一番描きやすいキャラという。

おかげでセットキャラのはずなのに、クリスティーナばかりが出番が増えて、ここらでアルベルティーナが主役の話を！ と思ったんですがこれがもう二転三転。

つくづく苦手なようです。好きではあるんですけどね、動いてくれない。

最後まで、話のテーマがどうなるか読めず、あらかた書いてからやっと、「実はどっちが大人でどっちがガキか」に落ち着きました。

憧れは理解から最も遠い感情だよ、は名言だと思います。

アクト3。コンセプトは「古典的なラブコメの寸止め感」

イングリット回。

出番こそ少ないものの、アルベルティーナとは逆にいつも描きやすく、あっさり動いてくれるのがイングリットです。

自分の好きなことだけして生きてる。基本、サバサバしている。人付き合いは苦手。などなど重なる部分が多いからでしょうか。

もうちょっと出番を増やして上げたいなぁ、といつも思ってはいたし、作品にはとても必要なキャラではあるのですが、なかなか本筋に絡ませられません。

ですが友人や編集さんからは外伝となると、イングリット回を、と言われるので根強さはあるのかな？

アクト4。コンセプトは、「勇斗の子供たちを出したい」

百錬は勇斗の一代記なところがある＋鷹山が作品を通して描きたいものの一つに「温かいにぎやかな家族」というものがあったりするので、アフターでの勇斗くんの周りはこういう感じですよー、というのを描きたかったんですよね。

ノゾムくんだけは勇斗似ですが、他はみんな、母親似の遺伝子が強い設定です。

フェリシアの子、ルングくんはロプトの小さい頃と瓜二つ。

美月が産んだ双子の妹ミライちゃんは美月と瓜二つ。

ジークルーネの娘のウィズちゃんはジークルーネの小さい頃と瓜二つ、といった具合でしょうか。

他のヒロインの子たちも、次巻あたりでちらほら出せたらなーとか思っております。

おっと、この話のメインヒロインを忘れてた。

基本、鷹山は子供の時から、家でずっと独り、みたいな感じで育ってきておりまして、色々教えてくれる優しいお姉さんが欲しかったなぁ、と言う思いがありました。

実のところ、裏設定的にはノゾムくんが、勇斗の子供たちの中では一番、「近い」キャラなので、そういう子にはやっぱり、そういう人がいてほしいなぁ、と白羽の矢が立ったのがエフィーリアです。

ほんといいですよね、美人で優しい幼馴染のお姉さん!!

外伝1　「誓約のエインへリアルたち」

コンセプトとしては、「ヒロイン視点からの勇斗AGE」

読めるHJを立ち上げたということで、描き下ろした作品。

ではあるのですが、実は五巻のときに、いろいろな理由で泣く泣くお蔵入りさせた幻の一話をリメイクしたもの、です。

ゆえに時系列では五巻あたりになります。

外伝2　「ヒルデガルドの冒険」

コンセプトとしては、「ヒルデガルドらしい話」。

時系列としては、一一巻の信長に会いに行くあたりですね。

こちらも読めるHJに上げたいとのことで描き下ろしたんですが、なにが理由で書いたのか全然思い出せません。

はて、本当にどんな理由で書いたんだっけ?

まあ、ヒルデガルドは鷹山とはあまり近いところのないキャラクターではあるのですが、リアルでけっこう接することの多い人間がモデルなところがあるので、けっこうさくさく動いてくれます。

サクサク動いてくれるキャラクターは、すぐに筆が動いて紙面が埋まってくれるので嬉しいですね。

作中ではあまりいい目に遭わないキャラではありますが、作者的には超かわいい子です。

まあ、作者に愛されるほどひどい目に遭うのが二次元キャラというのがお約束。

とりあえず本巻収録は以上になりますかね。

ほどよく紙面も埋まったので謝辞に移りたいと思います。

担当編集のU様、A様、いつもありがとうございます。

イラストレーターのゆきさん先生もありがとうございます。

この本が出版されるにあたり尽力頂いた関係者各位にも感謝を。

なによりこの本を手にとってくださった読者の皆様に最大級の感謝を！

いよいよ残り一冊。

特に山谷があるわけでもありませんが、キャラたちのハッピーなアフターストーリーを楽しみにしていただければ幸いです。

鷹山誠一

HJ文庫
957
http://www.hobbyjapan.co.jp/hjbunko/

百錬の覇王と聖約の戦乙女《ヴァルキュリア》23

2021年10月1日　初版発行

著者――鷹山誠一

発行者―松下大介
発行所―株式会社ホビージャパン
〒151-0053
東京都渋谷区代々木2-15-8
電話　03(5304)7604（編集）
03(5304)9112（営業）

印刷所――大日本印刷株式会社

装丁――木村デザイン・ラボ／株式会社エストール

Printed in Japan

ISBN978-4-7986-2576-8　C0193

ファンレター、作品のご感想
お待ちしております

〒151－0053　東京都渋谷区代々木2－15－8
(株)ホビージャパン HJ文庫編集部 気付
鷹山誠一 先生／ゆきさん 先生